SIN ALIENTO

LIBRO TRES

W WINTERS

INTRODUCCIÓN

sin aliento
libro tres

W Winters

Dedicado a Bethany.

Gracias por leer mis cartas.
Y todo lo que vino con ellas.
besos y abrazos

Un agradecimiento especial a mi equipo de edición y betas
que hacen de mis libros lo que son.
Donna, Chris, Becca, Teresa, Katie, TJ y Sophie: no
podría hacer esto sin ustedes.
#TeamWillow

CARTER

*H*a pasado mucho tiempo desde que alguien intentó matarme en mi propia casa. Nadie se había atrevido a hacerlo.

Y aún más tiempo desde que alguien me apuntó con un arma y vivió para contarlo.

Apenas puedo escuchar debido al zumbido en mis oídos. He esperado este momento, pero no es así como pensé que sería.

Ella me ama, me recuerdo. Ella me ama, joder. Sé que es así.

La cara de Aria está sonrojada y su mano tiembla mientras lucha por mantener firme el arma.

Doy un paso hacia ella y ella prepara el gatillo. El clic resuena en las paredes. Si quedaba algo de corazón en mi pecho, se acaba de pulverizar, los pequeños fragmentos disparan oleadas de dolor a través de mi cuerpo.

La sonrisa enfermiza en mi rostro se desvanece incluso mientras lucho por mantenerla en su lugar, concentrándome en esos hermosos ojos color avellana. Ojos que me atrajeron hacia ella, que me suplicaron piedad, que me hicieron sentir más de lo que he sentido en años.

Ojos que me engañaron.

—Suelta tus armas —exige Aria, su voz temblorosa pero clara y fuerte independientemente. Es una jodida locura que en este momento me parezca absolutamente hermosa.

Así de fuerte, está en su momento en el que se ve más hermosa.

—¡Suéltalas! —ella grita con más fuerza y el arma vacila. Es obvio que nunca ha tenido una antes, o al menos, nunca ha disparado.

Sin embargo, me está apuntando con ella. Podría disparar accidentalmente, y matarme. ¿Se arrepentiría? Cuestiono y siento un fuerte tirón en el pecho. Un pozo de emoción amenaza con romper mi compostura. Cada centímetro de mi piel está entumecido mientras miro el cañón de la pistola, sintiendo que todo se desmorona a mi alrededor.

Frente al enemigo.

Delante de mis hermanos.

En frente de ella.

—¿Carter? —Escucho a Jase sin verlo, preguntándole si deben escucharla o no.

Dos de mis hermanos, Jase y Declan, están detrás de mí con pistolas apuntando a tres hombres arrodillados en el suelo. Dos de ellos son sus primos y el tercer hombre es su antiguo amante y amigo. El nombre por el que oró mientras ella estaba en la celda, el único nombre que estoy cansado de escucharla pronunciar.

Los tres son hombres que querían matarnos hace solo unos momentos. Hombres a los que Aria está protegiendo y dispuestos a matarme para salvarlos.

Esos jodidos fragmentos cavan más profundamente en cualquier herida que me hayan abierto en el pecho.

Tragando el nudo en mi garganta junto con la angustia que estoy sintiendo, respondo a Jase, aunque no aparto la mirada de Aria.

—Suéltenlas. —Al instante, el alivio se muestra en el rostro de Aria, e incluso relaja el agarre del arma hasta que agrego—: Pero no dejes que esos cabrones las tengan. Nadie tiene un arma— trago saliva y agrego, forzando una sonrisa en mi rostro, — excepto Aria.

El control todavía está en mi demanda. Me escucharán, todos los que valen un carajo en este lugar lo harán… pero a medida que pasa el tiempo, puedo sentir que se me escapa. Solo puedo imaginar lo que piensa su familia, pero es lo que mis hermanos están viendo lo que me destroza. Saben que la amo.

Y ahora la están viendo traicionarnos a todos.

—Déjalos ir —Aria ordena en un tono más débil, lleno de una súplica. Visiblemente tragando, finalmente rompe mi mirada para mirarlos. Su asombrada y brusca inhalación a lo que ella ve me destruye. Su misericordia y compasión por ellos son repugnantes.

Ellos vinieron a matarme. Ella sabe eso.

Ella podría matarme todavía.

La *amo*. Sé que la amo y ese fue mi primer error.

La ira aumenta y resuena en mi sangre. Mi cordura finalmente vuelve a mí, endureciéndome y recordándome quién soy y todo por lo que he trabajado.

Todo se va a derrumbar. Todo por ella.

Hubiera hecho *cualquier cosa* por ella.

—Vámonos. —Escucho la voz de Nikolai, baja y llena de dolor. La sangre todavía está rojo brillante por la herida de su labio y ya se ha formado un moretón en su rostro. Mis nudillos se ponen blancos mientras mi puño se aprieta. Todo lo que necesito es un momento para descargar cada parte de mi agresión sobre él. Quiero romperle la mandíbula por atreverse a decirle esas palabras a mi Aria.

Nunca sentí la rabia como la siento ahora cuando él la alcanza como si pudiera alejarla de mí.

Porque él puede.

Porque ella está dispuesta.

—Vete —dice ella, y la voz de Aria es fuerte mientras lo mira. Una vez más, el arma está floja en su agarre. No parece darse cuenta de lo suelta que está la pistola en sus manos. Podría tomarla; Podría arriesgarme. Pero correría el riesgo de ponerla en peligro, y mi mirada cae ante el pensamiento.

—Ahora —sisea uno de sus primos, tirando del brazo de Nikolai. La camisa se aprieta alrededor de su cuello mientras tira de la tela. Mirándolo desde mi periferia, estoy disgustado, al igual que Nikolai, a juzgar por su expresión.

—Ven con nosotros —insta Nikolai, alzando la voz para ordenarle, pero también le suplica, y aparto mi atención de Aria, mirando al hombre que es Nikolai.

Me recuerda al chico que una vez fui.

Necio e imprudente. Pero él nunca pasó por la mierda que yo lo hice. Fue criado en esta vida, no fue arrojado a ella y obligado a luchar para sobrevivir todos los malditos días.

Sin embargo, él cree que puede llevársela.

—Yo me quedo —dice Aria con autoridad antes de que yo pueda decir algo. Su declaración hace que Nikolai se estremezca. Un poco de esperanza revolotea en mi pecho. Mi garganta se aprieta y me duele el pecho, sintiendo como si estuviera a punto de abrirse de par en par. Ella se queda.

—¡No tenemos tiempo para esto! —grita uno de sus primos, mirando alrededor del lugar como si en cualquier momento yo fuera a cambiar de opinión y los fuera a matar a todos.

Él tendría razón si no fuera por Aria.

Ella los quiere. Ella los eligió.

—No me iré sin ti —gruñe Nikolai y acecha a Aria, listo para llevársela. Esa es mi señal para alcanzar mi arma.

Su reunión ha durado bastante y me niego a dejar que él se la lleve. Nadie me la quitará. *Nadie.*

La adrenalina corre por mi sangre, mi respiración se hace más pesada mientras mi mandíbula se aprieta. El arma está caliente en mi mano. Más caliente que nunca. La mía apunta a Nikolai; la de Aria me apunta a mí.

Mi voz es profunda y áspera cuando les digo a los tres—: Tienen dos minutos para correr.

—Carter —ella dice, suplicando desesperadamente, pero no tiene lugar para negociar y no me queda piedad, ni siquiera por ella.

La ignoro, sintiendo que la rabia de lo que ha hecho se filtra en la médula de mis huesos cuando termino de decir—: y luego abriremos fuego.

Mis hermanos se mueven lentamente, alcanzando sus armas mientras la expresión de Aria se arruga por el dolor y se balancea hacia la pared, con su nerviosismo evidente.

La mandíbula de Nikolai está tensa, sus ojos azul claro brillando con odio.

—Ven conmigo —él dice entre dientes y luego le habla a sus aliados—. ¡Tómenla!

Pero corren, dejándolo solo y dejándola atrás.

—¡Ella tuvo su oportunidad! —Uno de los hombres grita detrás de él. Sus tenis deportivos chirrían cuando sus pasos golpean el piso recién pulido. Cobardes. Los hombres de Talvery son cobardes.

—Aria, por favor —le suplica Nikolai como si eso le rompiera el puto corazón. Que se joda.

—Un minuto —digo entre mis dientes y finalmente él me mira. Mi agarre se aprieta en el arma. Un apretón del gatillo y me desharía de él para siempre. Estoy tan cerca de tirar del gatillo, solo para terminar con todo. Él me mira a los ojos y desearía que la mirada que le devolviera fuera suficiente para matarlo.

—Vete —ella gime.

Mirando primero al arma en mi mano y luego a él.

—¡Sal de aquí! —ella le grita.

—Volveré por ti —él le dice como si ella fuera su amor perdido hace mucho tiempo.

Espero que él vuelva por ella. Mis fosas nasales se dilatan y me duele el pecho mientras ella jadea por respirar al verlo irse. *Vuelve por ella, Nikolai. Vuelve, así puedo romperte el maldito cuello*. Muerdo mi lengua, saboreando el sabor metálico de la sangre en mi boca.

Lo mataré así sea lo último que haga.

Él todavía está corriendo lejos de ella. Mis uñas desafiladas se clavan en mis palmas mientras mis puños se aprietan y la ira y los celos se mezclan en una combinación mortal. El rojo sangra en mi visión y es todo lo que puedo hacer para no apretar el gatillo mientras sigue sus movimientos.

—Quería decirte —solloza Aria mientras el

sonido de Nikolai huyendo se desvanece en el pasillo
—. No pensé…

—¿Decirme qué? —le pregunto.

—Que ellos venían —ella dice con un dolor en la
voz que coincide con el que se arremolina en sus
ojos. Ella se está rompiendo, apenas respira y puedo
ver el arrepentimiento, el remordimiento. Pero solo
una cosa me resuena.

—¿Tú sabías? —la interrogo y siento un escalofrío
recorriendo mi cuerpo que se hunde hasta mis huesos.

Nunca me amó.

Nunca lo hizo.

Proteges a los que amas. Siempre. Y ella no me
protegió.

Fui un maldito tonto y ella no es la mujer que yo
pensaba que era. Ella es una maldita mentirosa.

—¿Realmente los estamos dejando ir? —La
pregunta de Declan atraviesa la bruma de la incredulidad y la traición.

—¿Tú sabías? —le pregunto de nuevo, mi temperamento regresa.

—Yo, yo… —ella tartamudea, su mirada recorriendo mi rostro, el miedo y el dolor hacen que sus
ojos color avellana se llenen de lágrimas. Baja su
arma, sin atreverse a apuntarme y dejo caer la mía

mientras me acerco a ella, cada paso pesado suena más premonitorio que el anterior.

—¿Carter? —Declan grita mi nombre, exigiendo una respuesta.

Con cada paso más cerca de ella, da uno en reversa hasta que sus hombros golpean la pared.

Guardo mi arma en la funda antes de arrancar la suya de las manos, aunque ella no se opone.

—Carter —Declan llama de nuevo, sin importarle que la mujer que yo amo me engañó.

Ella sabía que venían a matarme, a matarnos a todos, y no hizo *nada*.

—¿Los vamos a dejar ir o no? —pregunta Declan.

Con una mano apoyada en la pared sobre la cabeza de Aria y la otra sujetando su cadera, la miro a los ojos, ignorando todo lo que me atrae de su mirada. Ya no puede tener eso. Le estoy quitando ese poder.

Sintiendo el dominio del odio fluir a través de mí y queriendo lastimarla como ella me lastima a mí, respondo a Declan con una voz profunda que es apenas audible.

—Matéenlos a todos.

JASE

Me apresuro a seguir a Declan, aunque sé que es un error dejar a Carter solo con Aria.

Seré rápido. Tengo que hacer algo para detener esto.

—Declan. —Levantando la voz, llamo a mi hermano y el sonido de sus pasos resonando en el pasillo se detiene instantáneamente. Se vuelve hacia mí, la ira y la tensión aún le salen de los hombros.

Apenas puede mirarme a los ojos.

—¿Sí? —Su voz es tensa mientras me dirijo hacia él, acortando la distancia tan rápido como puedo.

Mantengo mi voz lo más baja posible e ignoro el latido de mi corazón contra mi caja torácica mientras miro por encima del hombro para asegurarme de que nadie me siga, para asegurarme de que nadie pueda oírme desafiar las órdenes de mi hermano.

—No les digas que disparen a matar. —Empiezo a hablar antes incluso de enfrentarlo completamente. Mis palabras se mezclan con mi tenso aliento por la adrenalina que fluye por mi sangre—. Si disparan, diles que se aseguren de fallar.

Declan me escucha; sé que lo hace por la conmoción en su rostro. El rugido de ira proveniente del vestíbulo detrás de mí me recuerda lo trastornado que se ha vuelto Carter. Él va a hacer algo estúpido. Algo que nunca podrá recuperar.

—Voy a volver con ellos —le digo a Declan y me doy la vuelta sólo para que me agarre del brazo y me acerque a él. Al principio no dice nada, pero puedo ver la pregunta en sus ojos, la sensación de traición de su parte.

Y me destroza.

—Sabes que él la ama —le digo, sintiendo el dolor de la tristeza creciendo dentro de mí. A Carter le dolió, pero es más que eso. Ella nos traicionó a todos.

—No después de eso —Declan susurra. Sacudiendo la cabeza ligeramente con una expresión de derrota en su rostro, continúa, —No después de que ella...

—No es su culpa que haya tenido que elegir — empujo las palabras a través de mis dientes apretados, sabiendo en mi interior que ella está luchando con lo que es correcto versus dónde deberían estar sus lealtades—. Ella nunca debería haberlo sabido.

La tensión en la mirada de Declan vacila, y mira detrás de mí antes de llegar a mis ojos nuevamente.

—Ella tomó la decisión de quedarse. Háganselo saber a Talvery. Ella eligió quedarse. Matará a

Nikolai y hará que la grieta en sus facciones sea mucho más profunda. Nikolai tiene que vivir.

Sé que Carter se enojará conmigo, pero lo superará. Me agradecerá cuando esté todo dicho y hecho. Tiene que suceder de esta manera. No puedo dejar que lo arruine todo.

Con un fuerte asentimiento, Declan se pasa el pulgar por la barbilla, pero no dice una palabra.

—Diles a los guardias que los dejen volver a Talvery. Pero asegúrense de que todos sepan que ella eligió quedarse. Que ella eligió a Carter.

ARIA

Siempre supe que Carter era una bestia de hombre. Apenas contenido y esperando una salida para liberar su rabia. A medida que su pecho sube y baja con cada inhalación y sus músculos se aprietan, sus hombros se ponen cada vez más tensos. Con cada segundo de ansiedad que pasa entre nosotros, sé que no hay nada que lo detenga.

—Tú los elegiste. —Sus palabras son calculadas, dichas con control, aunque parece todo menos en control. La tensión se vuelve más tensa y mi cuerpo se calienta más con cada golpe en mi pecho.

—No —yo trato de decirle, aunque mi garganta se contrae hasta el punto en que creo que no puedo respirar.

Empiezo a negar con la cabeza, pero él deja escapar un gruñido, volteando la mesa del frente con un movimiento rápido.

La antigüedad de madera tallada se estrella contra la pared con un fuerte golpe que obliga a mi cuerpo a temblar mientras él grita—: ¡Vete!

La áspera cadencia de su voz recorre el lugar y me alejo de él, mis hombros se encorvan mientras el miedo me consume.

Las lágrimas me pinchan los ojos y trato de hablar, de decirle que no tenía otra opción. Solo hice lo que pensé que necesitaba.

—Yo nunca te hubiera…

Se vuelve hacia mí, dando tres grandes zancadas hacia adelante, las cuerdas de su cuello tensas y abultadas mientras sus ojos oscuros me atraviesan.

—¿Me hubieras disparado? —él me cuestiona sin nada más que incredulidad y rabia ardiendo en sus ojos.

La intensidad de su mirada me hace acobardarme.

—Carter —habla Jase detrás de nosotros, pero Carter no se aparta de mí. Me mira como si lo hubiera traicionado. Como si lo que hice fuera el mayor pecado.

¿Ha olvidado que son mi familia? ¿Qué le rogué

15

que los perdonara y, sin embargo, los iba a ejecutar? ¿Olvidó que me robó y me encerró en una celda durante semanas?

Él me mira como si me odiara.

Lo siento. Es crudo y palpable.

En este momento, siento que él realmente me odia. Y eso es lo que me rompe.

Porque no importa lo que me hizo, nunca lo odié. Lo amo.

Las lágrimas fluyen de mí fácilmente cuando Carter le informa a Jase de la manera más insensible que me van a sacar de las instalaciones.

Mi corazón se hunde y colapsa, pero mis pies se mueven, mi cuerpo me empuja hacia adelante. Y Carter me sigue, impidiéndome correr por el pasillo hasta el dormitorio.

—Pensé que me amabas —él se burla de mí y cubro mi boca con mi mano para contener la agonía.

Yo lo amo. Lo hago.

Juro que amo a este hombre.

Incluso si me lastimó e incluso si lo lastimé ahora mismo.

No puedo pronunciar una sola palabra mientras su cálido aliento cubre mi rostro y mi cuerpo se estremece con un sollozo.

—¡Carter! —grita Jase, agarrándolo del hombro y

obligándolo a mirar a cualquier otra cosa que no sea yo.

En el momento en que lo hace, salgo disparada. Me doy la vuelta para pasar corriendo junto a Jase. No me atrevo a intentar pasar corriendo junto a Carter. Él podría bloquearme, atraparme y tirarme. Él mismo se encargaría de expulsarme de su casa.

La habitación de escondite está más allá del dormitorio, por lo que el espacio tampoco es una opción. Y dado el estado en el que se encuentra Carter, no confío en que él cumpla su palabra y me deje recuperarme de lo sucedido, para que yo pueda intentar explicarle.

En cambio, corro tan rápido como puedo, con las piernas temblorosas y con la adrenalina corriendo a través de mí, en la dirección opuesta. Los músculos de mis muslos gritan de dolor mientras subo las escaleras de dos en dos. El latido de mi corazón y mis pasos son abrumadores. Tengo calor y estoy sudando y no estoy bien en el sentido de la palabra. Tengo que hacerle entender a él de alguna manera.

Él empieza a perseguirme, aunque a su propio ritmo lento y provocador. En el segundo que escucho a Carter detrás de mí, me resbalo. Mi codo y mi mano chocan con las duras escaleras de madera al igual que mi rodilla, enviando una punzada de dolor a través de mi cuerpo. Yo podría llorar y me odio por eso. Yo hice esto. Esto es mi culpa. Miro detrás de mí y veo a Carter empezar a subir las escaleras. Una máscara de ira y dominio aparece grabada en piedra en sus hermosos rasgos.

La celda.

El pensamiento me golpea en ese momento. Me obligo a levantarme y correr a la celda. Sé que está detrás de una pintura. Él no podría entrar si corro a la celda y me encierro. Le tomará tiempo conseguir una llave; tiempo que necesito desesperadamente. Necesita calmarse y necesito tiempo. Tiempo para que yo pueda averiguar cómo explicarle las cosas de una manera que él entienda.

Subo corriendo las escaleras y usando ese impulso para empujar la pared en la parte superior, corro por el pasillo.

¿Cuál de todas es? Mi respiración es inestable y un sudor frío recorre cada centímetro de mi piel. Mi corazón no deja de acelerarse; golpeando caóticamente. Apenas puedo ver bien.

Hay seis cuadros grandes en el pasillo y mis dedos tantean alrededor del primero, tratando de tirarlo hacia un lado, pero no es el correcto. Tiemblo cuando mi mirada se dirige hacia el sonido de él acercándose.

La segunda pintura la empujo con tanta fuerza que se cae y casi me cae encima. Tiene al menos cinco pies de largo y cuatro pies de alto. Y tampoco es la correcta. El marco se parte y se agrieta y tengo que dar un paso alto sobre él, raspándome la espinilla mientras avanzo, pero no me importa. *¿Dónde está? Necesito encontrarla, por favor.*

—No puedes huir de mí. —La profunda voz de Carter reverbera a través del pasillo y, al mirar detrás de mí, veo su sombra mientras sube las escaleras.

Pum, pum, mi corazón late cada vez más fuerte. Apenas puedo respirar.

No sé cuál es la celda. No lo sé.

La caja.

La sola idea me hace correr por el pasillo hasta el último tramo de escaleras. Subiendo un piso más y a la izquierda. Corro tan rápido como puedo, sin aliento. La sola idea de que Carter no me dé la oportunidad de hablar con él, de explicarle, de pedirle perdón, me aplasta a cada paso.

Él necesita tiempo. Él tiene que entender. Puedo hacerle entender.

Visiones de su rostro cuando le apunté con el arma pasan por mi cabeza mientras corro.

Carter, aparentemente pasa por encima del deseo

de moverse lentamente y dejarme escapar de él, acelera el paso cuando llego al pasillo. Puedo escuchar sus pasos subiendo las escaleras, así que corro tan fuerte como puedo, casi chocando con la puerta cerrada de su oficina. Las lágrimas punzan cuando el dolor y la traición de lo que he hecho comienzan.

En mi propio caos, muevo con el pomo con tanta torpeza que creo que está bloqueada, pero no lo está.

Está abierta y una ola de alivio me recorre, aunque es de corta duración. Nada está bien en este momento. Nada está bien.

No pierdo el tiempo; tampoco me molesto en cerrar la puerta de la oficina. Corriendo hacia la caja, abro la parte superior y prácticamente caigo en ella, raspándome los muslos y la espalda. Me arrancan un grito, pero es meramente instintivo. No me importa el dolor; no me importa nada más que cerrar la tapa y encerrarme.

Tengo que estirar la mano para bajar la parte superior y, cuando lo hago, veo a Carter en la puerta. El miedo me paraliza cuando veo su rostro, contorsionado con una mirada de indignación y rojo por correr. Mi piel está helada mientras alcanzo la tapa. Mis dedos se sienten entumecidos cuando la golpeo.

Hay un chasquido, lo escucho, pero no sé qué es. Viene con un tirón en la parte posterior de mi cuello que va acompañado de un pellizco agudo que trato de ignorar mientras mis dedos se deslizan por el borde de la tapa en busca de la cerradura.

Envuelta en la oscuridad, lucho por encontrar la cerradura, escucho los pasos de Carter acercándose cada vez más, pero mis dedos temblorosos lo encuentran y los múltiples clics me aseguran que estoy encerrada.

Todo lo que puedo escuchar es mi respiración entrecortada por un momento y luego otro.

Con un rugido ensordecedor de ira, la caja se eleva del suelo unos cuantos centímetros, si es que eso. A través de mis lágrimas que aún resbalan por mi cara caliente, puedo ver a Carter levantándola con todas sus fuerzas, pero está destinado a sobrevivir a tales actos y así es.

Agachada en la caja y agarrándome a mí misma, contengo la respiración sabiendo que él no puede hacer nada al respecto.

Solo entonces escucho el rodar de las cuentas. Solo entonces siento las perlas rodando a mi alrededor. Grito de terror al principio, pensando que algo está vivo y en el lugar oscuro conmigo. Pero es solo mi collar. Las cuentas que se han caído de la cadena rota.

Gruesas lágrimas brotan de mis ojos al darme cuenta.

Mi pecho se hunde mientras cubro mi boca para evitar llorar más fuerte.

La caja se mueve un poco más y cierro los ojos hasta que la deja caer, haciendo que mi cuerpo se balancee y caiga en el pequeño espacio que tengo. Se me escapa un pequeño grito, pero me concentro en calmarme. Estoy al borde de un ataque de pánico o algo peor.

Mis ojos están cerrados con más fuerza que nunca. La conmoción y el horror todavía amenazan con asfixiarme mientras lucho por inhalar.

Pasan unos minutos y todo lo que puedo oír es la respiración caótica de Carter. Por un momento entra alguien, creo que Jase, hablando en voz baja y tratando de decirle a Carter que se calme, pero la puerta se cierra con un fuerte clic y luego se hace el silencio de nuevo.

Nada más que silencio y los latidos de mi propio corazón y el torrente de sangre en mis oídos.

Todo va a estar bien, trato de tranquilizarme. *Él tiene que entender*. Incluso el pensamiento es fugaz en mi mente. Todo lo que Carter sabe es que los elegí a ellos, a mi familia y a sus enemigos. Le apunté con una pistola y preparé el gatillo.

Oh, Dios mío. Mi cabeza da vueltas cuando el recuerdo vuelve a mí.

Amenacé con matar al único hombre que he amado.

Cuando finalmente abro los ojos, los de Carter están fijos directamente en los míos. Como si pudiera verme, aunque sé que es imposible. Sus ojos oscuros me atraviesan, inmovilizándome donde estoy y provocando un nuevo tipo de miedo.

Su voz profunda envía una punzada de desesperación a través de mí cuando dice en voz baja—: No puedes quedarte ahí para siempre.

CARTER

*N*unca en mi vida me había sentido así.

El reloj avanza a medida que pasa el tiempo. Puedo contar con una mano cada vez que me han traicionado, pero nunca me sentí así porque ninguno de ellos estaba cerca de mí. Nunca dejé entrar a nadie.

Ni los guardias de los que he dependido, ni los chicos a los que recogí para ayudar. No me sentí traicionado por ellos cuando solo me robaron o trataron de negociar con alguien más que me quería muerto.

Nunca he dejado que un alma se me acerque más que mis hermanos. Entonces, nadie puede lastimarme.

Ningún extraño ha estado cerca de mí… excepto ella, la única mujer que he amado.

Un escalofrío recorre mi cuerpo como las implacables mareas del océano. La adrenalina ha disminuido mientras me siento aquí en la silla, mirando esa jodida caja. Tengo los nudillos magullados y cortados, pero sigo presionándolos para evitar que piense en un dolor diferente, el dolor en mi pecho.

Cada vez que parpadeo, el cañón de su arma está ahí, mirándome.

—Carter. —La voz de Daniel me saca de mis pensamientos y me devuelve a esta realidad. Duele; cada parte de mí duele. Sentándome un poco en la silla, finalmente aparto los ojos de la caja, lejos de Aria. Inclino la cabeza mientras observo a mi hermano y al hombre que está junto a él. Eli es uno de nuestros guardias y jefe de seguridad.

—Eli ha terminado el recorrido. —Está luchando por mantener sus ojos en mí; puedo verlo en la forma en que traga visiblemente y aprieta las manos. Incluso su voz está tensa.

Ella hizo esto. Sé que Daniel se preocupaba por ella. Y ella lo traicionó como a mí.

Eli da un paso adelante para hablar, contándome sobre cada una de las bombas que encontraron y desecharon y adónde exactamente corrieron los hombres de Talvery. Sin sorpresas y nada que me importe un carajo en este momento. No cuando la mujer que causó todo esto todavía está frente a mí, pero escondida a la vista.

—¿Todos ellos? —Solo pregunto para fingir que estoy presente, presionando mi dolorida espalda contra la silla y todavía mirando la puta caja. Apenas puedo ver a Eli asentir en mi periferia cuando responde—: Sí, señor.

Con los hombros cuadrados y las manos detrás de la espalda, parece el soldado que solía ser.

Pero me desafió.

—Los dejaste vivir— yo digo rotundamente, volviendo mi atención directamente a él por un segundo, para que pueda ver lo enojado que estoy, endureciendo mi mirada y mi ceño fruncido. Luego miro hacia atrás a la caja. La caja que le quité a un hombre al que me negué a mostrar misericordia. La respiración de Aria se acelera y se mueve dentro de sus pequeños confinamientos.

—Le ordené a Eli y a los guardias que los dejaran vivir. —La voz de Jase envía un goteo frío por mi cuello. Es difícil de tragar porque mi sangre se calienta de ira.

Uno por uno, todos me están dando la espalda.

Aria vuelve a moverse dentro de la caja; puedo

oírla llorar débilmente. Es entonces cuando Eli se da cuenta del hecho de que ella está ahí. Mirándolo, puedo ver su expresión, el rompecabezas en su cabeza formándose a medida que cada pieza cae en su lugar.

Le toma un momento componer su maldita cara y borrar la expresión de disgusto.

Ella hizo esto. Y sufrirá las consecuencias.

Le di una oportunidad; le habría dado cualquier cosa si ella simplemente me hubiera elegido. Fui estúpido por si quiera amarla. O por pensar que ella me amaba.

—Vete —le ordeno, sintiendo la palabra cruda rasparse contra la parte posterior de mi garganta. Eli es el primero en darse la vuelta y marcharse de inmediato. Daniel y Jase dan un paso adelante en lugar de retirarse y mis músculos se tensan, apretando los dientes mientras me inclino hacia adelante en el asiento que no he dejado desde hace casi una hora.

—Carter —dice mi hermano, y la voz de Jase es fuerte y exigente. No como la forma en que Aria lo ha estado diciendo mientras gime en la caja, rogándome que la entienda. No la escucharé. No hay excusa.

—Vete a la mierda. —Es todo lo que puedo

27

decirle. La rabia burbujea dentro de mí, comiéndome vivo porque todos me desafiaron.

—Carter. —El tono de Daniel es más suave, más apaciguador—. Relájate por un minuto. Cálmate.

Apenas puedo inhalar, negándome a creer todo lo que ha sucedido.

—¿Escuchaste eso, pajarillo? —le pregunto a ella en lugar de enfrentarme a mis hermanos. Las patas de la silla raspan el suelo mientras me inclino hacia adelante, buscando una grieta en la caja donde creo que ella puede verme. La miro con una amargura implacable mientras le digo—: Necesito calmarme.

Puedo sentir la profundidad de la emoción rugiendo dentro de mí mientras Jase habla—: Fue un evento desafortunado, pero podemos usar esto a nuestro favor.

—¿Desafortunado? —No puedo ocultar la incredulidad y el veneno en mi voz mientras lo miro, finalmente levantándome de mi asiento. La fuerza del movimiento brusco empuja la silla hacia atrás. Todo lo que puedo escuchar es el latido de mi corazón al ritmo de mis pesados pasos al acercarme a mi hermano.

Misma altura que yo, la misma determinación en su voz.

—Ya basta —dice Daniel.

Camina entre nosotros, separándonos con una mano dura en ambos pechos.

—¿Qué hay de Aria? —él dice rápidamente mientras me empuja hacia atrás. Su mirada me suplica que piense en algo más que en su aparente traición —. Ella no está bien.

Él baja la voz para decirme lo obvio y luego deja que su mirada se mueva hacia ella antes de volver a mirarme.

—¿Qué hay de ella? —le pregunto con tono endurecido. Mis manos forman puños con tanta fuerza que puedo sentir la piel de mis nudillos casi agrietarse y los cortes que están allí se abren aún más.

Un gemido de la caja llama la atención de mis hermanos, ambos miran hacia ella mientras yo los miro.

—¿Qué diablos te importa? —me burlo de Daniel. Levanto la voz para recordarles la dura verdad—: Ella los eligió.

Los sollozos vuelven de la caja detrás de mí y me enfurece.

—Ahora ella llora —le digo, hablándole más a ella que a ellos mientras camino más cerca de donde ella está. La caja está descentrada ahora, torcida y haciendo que el extremo de la alfombra esté desigual por mis inútiles intentos de abrirla, aunque sé que no se puede hacer.

—¡No estaba llorando cuando me apuntó con una pistola en la cabeza! —Todo se convierte en ruido sordo. Lo que digan mis hermanos, el llanto implacable de la mujer que amaba mientras se esconde de mí por miedo a su propia vida, todo.

Odio todo en este momento. Odio a todo el mundo. Pero yo soy al que más odio.

—Ella no estaba llorando cuando se enteró de que su familia venía a matarnos. ¡A matarnos a todos! —La última parte sale más fuerte y dura de lo que puedo controlar, y alcanzo las estanterías por encima de la caja, apartando una fila de ellas. Las tapas duras y las páginas vuelan en un aleteo antes de estrellarse contra el suelo.

—¡Sí estaba llorando! —Una vez más, la escucho gritar—: ¡Claro que sí!

Pero todo lo que hace es alimentarme para seguir destrozando cada estante sobre ella. Todos los libros que caen a su alrededor, algunos de ellos golpeando la caja, solo la hacen gritar más fuerte.

La odio.

Los odio a todos.

Odio todo.

Se necesitan a mis dos hermanos para empujarme hacia la ventana de la oficina y alejarme de los estantes. Mientras recupero el aliento, pienso en destruirlo todo. Arruinando cada pieza de este rico interior. Se burla de mí. Es una fachada de control y ya no tengo ninguno. Ni una pizca de control.

—¡Tú nunca me amaste! —le grito—. ¡Debería haberte mantenido en esa maldita celda hasta que supieras que es mejor no desafiarme!

—Por favor, Carter, déjame explicarte —ella llora.

—Fui demasiado bueno contigo —me burlo de ella tan fuerte como puedo, sintiendo que mi compostura se deteriora al igual que cualquier gramo de misericordia. Grito a todo pulmón, con ganas de destrozar algo. Hasta el último pedacito de mi humanidad servirá.

—Detente —dice Daniel, su cabeza cerca de la mía. Mientras usa todas sus fuerzas para empujarme contra la fría ventana de vidrio, está tan cerca que puedo sentir el ardor del calor de su cuerpo.

—Está bien —me dice mientras Jase gruñe, su expresión tensa y su rostro enrojecido por el esfuerzo. Cada centímetro de mi piel está entumecido por un dolor que nunca había sentido.

Quiero decirles a todos que nada está bien y que nunca me detendré. Nunca. No me queda nada más que este caparazón de hombre. Pero antes de que pueda decirles que encontraré a los hombres que dejaron escapar y les arrancaré las jodidas gargantas antes de que puedan decir una palabra de cómo Aria me traicionó, una pequeña voz llega desde la puerta.

—Mierda. —Daniel apenas respira la palabra antes de soltarme para que corra hacia ella, hacia Addison, pero es demasiado tarde.

No sé cuánto vio Addison, o qué vio, pero su rostro está pálido.

Aria sigue llorando incontrolablemente y será obvio. Es obvio que la estoy lastimando y que está asustada. Ella me tiene miedo porque lo he perdido. Nada más importa.

Ahora no hay forma de esconderse. No de mis hermanos, no de los Talverys. No de Addison, la única conexión que todavía tengo con mi hermano Tyler.

La vergüenza y el disgusto son un cóctel doloroso de tragar, pero lo ahogo.

—¿Qué diablos estás haciendo? —La voz de Addison vacila entre la fuerza y el pánico mientras se para en la puerta de mi oficina. Sus ojos van de mí a Daniel.

—¿Cuánto tiempo llevas ahí parada? —Daniel le pregunta a Addison.

—El tiempo suficiente... para... —Addison se esfuerza por siquiera mirar a Daniel—. La estás lastimando.

Addison apenas me mira.

Aria sigue sollozando mientras respira con dificultad, como si estuviera desesperada por detenerse, desesperada por acallar sus gritos.

—¿Aria? —El tono de Addison refleja una desesperación que nunca había escuchado de ella antes y por dentro me destrozo. Cualquier pizca de ira que persista, se fragmenta y se esparce en la boca de mi estómago. Tomando una respiración profunda y temblorosa, sus ojos se agrandan por el miedo y da medio paso atrás.

—Daniel —ella dice vacilante, con los ojos muy abiertos por la vergüenza y la incredulidad mientras su cuerpo tiembla con tanta fuerza que puedo verlo desde el otro lado de la habitación—. ¿No puedes estar de acuerdo con esto?

Mierda. Mierda. ¡Está todo jodido!

Enderezo mi postura mientras Jase me suelta, apartándome del camino y dando unos pasos más cerca de Aria, lejos de mí y fuera de la vista de Addison. Pero el movimiento lo hace mucho más obvio para ella.

—Sáquenla —ella dice, y su exigencia se ve tensa

por el velo del miedo. Señala la caja, pero no se atreve a dejar que le robe la mirada a Daniel.

—Addison, mantente al margen —le dice Daniel mientras da un paso más hacia ella, con las manos en el aire.

—¿Hablas en serio? —A medida que cada palabra se rompe con desdén, el dolor crece en su rostro—. Daniel, ayúdala.

La última palabra sale en un graznido mientras ella se aleja de él, más adentro de la oficina y más cerca de los estantes. Casi tropieza con los libros caídos, pero se las arregla para mantenerse erguida. Ella solo quita los ojos de él para ver dónde estamos Jase y yo. Ninguno de los dos se está moviendo mientras ella lucha por acercarse más a la caja, más cerca de Aria que está callada, y por un momento, me preocupa si ella está bien.

—¿Por qué dijo celda? —Addison pregunta, y ni siquiera puedo empezar a pensar en cuándo dije esa palabra o cómo la usé. Todo lo que puedo ver es rojo y mi memoria es una niebla blanca.

—Addison, por favor —le ruega Daniel.

—¿La está lastimando, metiéndola en una celda? —ella chilla y luego convierte cualquier remordimiento o disgusto en ira—. ¡Lo estás permitiendo, lo sabías!

—Ella se puso allí —digo, cortando el interrogatorio dirigido a Daniel y sintiendo la necesidad de defendernos contra los pensamientos tácitos, pero demasiado claros de Addison—. Dile, Aria.

Alzo la voz, siento que mi sangre fría me llena las venas y rezo para escuchar su voz.

—¿Qué le hiciste? —Las palabras entrecortadas de Addison están llenas de acusaciones.

—Nada. —La voz de Aria finalmente se escucha, aunque tiembla y es minúscula comparada con la nuestra.

Con la mandíbula endurecida, me atrevo a mirarla fijamente, entrecerrando la mirada y sin permitir que me culpe por esto.

—Ella corrió hasta aquí y se escondió porque me apuntaba con una pistola a la cabeza. —Cada palabra sale más difícil, pero me quedo donde estoy mientras Addison se acerca a Aria.

—Addison —dice Daniel mientras trata de razonar con ella, manteniendo la voz baja, pero no se puede negar—, vete.

—Vete a la mierda —ella le escupe y finalmente pone una mano sobre la caja.

—Aria —la llama, golpeando la palma de su mano en la caja detrás de ella, aunque todavía mira a Daniel con una expresión desafiante en su rostro.

Aria lloriquea para que Addison se vaya, la deje sola y se mantenga al margen.

—No me iré a ninguna parte —Addison responde rápidamente, mientras las lágrimas corren por su rostro.

—No llores —le suplica Daniel, dando un paso adelante e intentando alcanzar a Addison. La bofetada resultante es tan fuerte, tan cruel, que prácticamente la siento contra mi propia piel. La mejilla de Daniel instantáneamente se pone roja, su cabeza gira lentamente hacia atrás para mirarla mientras Addison le grita—: ¡No me toques!

—Addison, tienes que irte. —Daniel apenas dice otra palabra antes de que Addison pierda su mierda por completo. Su voz tres octavas más altas de lo que debería ser, todo su cuerpo se estremece con un nuevo tipo de venganza, solo se está agitando más.

—¿Qué le hizo? —Ella se balancea de ira cuando los sollozos de Aria se hacen eco en la voz de Addison.

¿Qué le hice?

¿A Aria?

La amaba de la única manera que sabía. Mi cabeza se siente ligera y todo lo que creo que sé no significa nada.

Debería haber sabido que nunca estaría bien. Estoy demasiado jodido para quedarme con una mujer como ella. No puedo apegarme a nadie. ¿Qué le hice a ella que la llevé a traicionarme, a amenazar con matarme?

—Lo que pasa entre ellos... —Daniel comienza a intentar defenderse a sí mismo, no a mí. No la relación que tenía con Aria. Porque no hay forma de defender eso. Lo sé en el fondo de mis entrañas.

Intento dar un paso adelante, hacia la puerta para salir, pero me detengo cuando Addison le grita a Daniel, empujándolo mientras él intenta una vez más ir hacia ella.

—¡Por favor, vete! —Aria le suplica y eso solo hace que Addison sea más inflexible en sacarla de la caja.

Mientras Addison le grita a Daniel, obligo a mis pesadas y entumecidas piernas a avanzar.

—¡Tú lo sabías, sabías lo que él le estaba haciendo a ella!

La sangre en mis venas parece haberse congelado y mi corazón se niega a latir sin el calor.

—¿Como pudiste? —ella se lamenta.

En un solo día, todo ha caído.

Incluso mientras salgo de la oficina, cierro la puerta detrás de mí y escucho los débiles gritos que se filtran en el pasillo, sé que todo está arruinado y que nada volverá a ser igual.

Todo está roto y no tengo forma de arreglar ni una sola pieza.

Todo está arruinado, nada puede arreglarse a estas alturas.

ARIA

Ellos no los iban a matar. Quiero pensar que Carter y sus hermanos nunca harían eso. *Ellos no ejecutarían a mi familia delante de mí.* Es todo lo que sigo pensando mientras mis ojos arden en la oscuridad de la caja.

Sin embargo, Nikolai lo haría.

Mataría a los hermanos Cross, a todos ellos, para liberarme. Pero él no los conoce ni a ellos ni a todo lo que pasó. No he tenido la oportunidad de convencerlo de lo contrario; todo lo que sabe es que me capturaron. Con cada segundo que pasa, calmo mi pánico, sabiendo que tengo que hablar con Nikolai y detener esto. Necesito que todo pare y que me escuchen. Para que uno de estos hombres de cabeza dura me escuche.

Nada de esto estaría sucediendo si me escucharan.

Un aliento estremecedor obliga a mi cuerpo a temblar contra la madera áspera y mi cuello se arquea con un repentino y profundo suspiro.

No sé si es un ataque de pánico o una ruptura brusca de la realidad lo que me hace temblar como lo estoy.

O el miedo. El miedo crudo y paralizante de lo que sé de lo que Carter es capaz y de lo que creo que me va a hacer cuando salga de esta caja.

—Te amo —lloriqueo de nuevo, cerrando los ojos con fuerza y forzando las palabras. Ojalá pudiera recuperarlo todo, pero la alternativa era ver morir a mi familia frente a mí. Ver a Nikolai recibir un disparo en la parte posterior de la cabeza. Cubro mi cara caliente con mis manos, negando con la cabeza como un lunático ante el pensamiento.

—No quiero que nadie muera. —Mis palabras estranguladas apenas se escuchan cuando la caja se sacude y luego una mano golpea la tapa.

—Aria, por favor. —El tono de Addison es desesperado y estoy muy avergonzada. No quiero salir de esta caja. Me siento como una niña otra vez, escondida en el armario y diciéndome que no es real si no salgo. Si me quedo aquí, nada de esto será real.

—¿Él te lastimó? —ella pregunta, pero su pregunta es más una declaración. La pregunta viene de una amiga a una amiga. Dirigida a una mujer que se esconde de alguien, alguien a quien ama y llora histéricamente. Una idiota adulta, escondida en una caja. Sé exactamente cómo se ve esto, pero no sé cómo explicárselo, para que lo entienda. Ella no es de este mundo. Y ella tampoco conoce a Carter como yo. Aunque, nada de eso hace que esto sea correcto. Nada de eso.

—¿Cuánto tiempo ha estado haciendo esto? —Su voz se quiebra ante la pregunta y la escucho llorar por mí.

Ojalá pudiera morir aquí mismo.

—¡Sal! —ella me grita, su voz suena irregular mientras golpea la caja.

Sé que estamos solas; Jase hizo que Daniel se fuera y escuché que la puerta se cerraba hace unas horas, pero probablemente solo fueron unos minutos. Ahora sólo está Addison en la habitación, llorando mientras sostiene la caja y se disculpa como si hubiera hecho algo malo.

—Él no me escuchaba —le susurro a nadie en la oscuridad de la caja. Cada vez que intentaba explicarle, él no me escuchaba. Me interrumpía y me decía que me fuera. Como ella. En este punto, no creo que haya una defensa que pueda tener que haga que lo que hice sea perdonable a los ojos de Carter.

—¡Sal! —ella grita aún más fuerte.

Su voz suena ronca en este punto, y la escucho recostar su cuerpo pesadamente sobre la caja, cayendo sobre ella y llorando.

—¿Cómo pudo hacer esto? —ella susurra y luego solloza. No sé si está hablando de lo que Carter me hizo o de cómo Daniel lo permitió y lo defendió. Sé que verlo en esta luz... cambió la forma en que Addison lo ve, y eso me mata.

—Nunca quise que esto sucediera —le digo débilmente, cerrando los ojos y sintiéndolos arder después de horas de esforzarme por ver en la oscuridad y derramar lágrimas calientes.

Puedo oírla moverse de nuevo, pero no sé lo que está haciendo y su voz no llega muy lejos.

—Lo siento mucho. No lo sabía... no lo sabía.

Alzando la mano lentamente, obligo a mis dedos entumecidos a desbloquear la caja con un fuerte clic que hace que mi corazón lata con fuerza, tan fuerte que parece que dejará de latir por completo.

Cuando abro la tapa, la luz se filtra y entrecierro los ojos. Me duele mucho. Mis ojos se sienten como si estuvieran ardiendo, pero fuerzo la parte superior para abrirla más mientras Addison se pone de pie frente a mí con las piernas temblorosas y envuelve sus brazos alrededor de mí. Sostengo su espalda con más fuerza, agarrándola y recogiendo el fino algodón de su camiseta en mi mano mientras me tira con fuerza contra su pecho.

—No es tu culpa. —Es todo lo que puedo decir, y las palabras son tan planas, tan ausentes para mis oídos, que las endurezco, tirando de ella hacia atrás y mirando fijamente sus ojos verde bosque.

—No hiciste nada malo —le digo.

Ella se para allí con una expresión preocupada, secándose las lágrimas y sacudiendo la cabeza.

—¿Que te hizo? —me pregunta en voz baja, todavía sosteniéndome mientras salgo de la caja con las piernas temblorosas, mirando la puerta cerrada. Siento frío; está muy frio.

No hay una parte de mí que no crea que Carter esté mirando. Sé que debe estarlo. Mi primer instinto al pensar que él sabe que estoy fuera de la caja es contenerme. Envolver mis brazos alrededor de mis hombros y esperar a que me castigue. Apenas puedo quedarme mirando la puerta cerrada.

Addison me agarra con una fuerza dolorosa, sacudiéndome hasta que la miro a los ojos.

—¿Que te hizo?

Solo quiero llorar. No sé por dónde empezar, pero la vergüenza obstruye mi garganta y me impide hablar en absoluto.

—Está bien que me lo digas —ella susurra, aunque las palabras apenas salen. Nuevas lágrimas brotan de las comisuras de sus ojos mientras me habla con tanta calma—. Lo que sea que hizo, puedes contármelo. Está bien.

—Es mi culpa —yo comienzo, y un grito ahogado la abandona mientras se tapa la boca. Duele, todo duele, pero la forma en que me mira como si estuviera herida, y no sé nada mejor, no puedo explicar el dolor que causa.

Ella niega con la cabeza violentamente, mirándome fijamente.

—No lo entiendes —trato de razonar con ella, pero mi voz se quiebra y lo único que puedo pensar es seguir repitiendo que es mi culpa. Realmente lo es.

—Sabía que él me odiaría. Sabía que... —No puedo terminar la frase porque se abre la puerta de la oficina. El miedo me atraviesa y salto hacia atrás, golpeando la parte de atrás de mis piernas contra la caja y casi caigo adentro. Addison me protege contra cualquiera que entre como si fuera mi protectora.

—¡Sal! —ella grita a quienquiera que haya entrado y con igual cantidad de curiosidad y terror, miro por encima de su hombro. Aunque me siento débil y patética, mis dedos se entumecen y mi pecho se agita en el aire.

Es Daniel.

—Addison, por favor. —Los ojos de Daniel están enrojecidos y estoy en shock—. Salgamos de aquí, ¿de acuerdo?

Habla en voz baja con las manos en alto, acercándose a nosotras como los dos animales heridos que somos.

—Podemos irnos —él le ofrece.

—Lo siento —le digo y apenas puedo pronunciar las palabras, buscando la mirada de Daniel para que sepa que lo digo en serio—. Lo siento mucho.

Mi voz suena horrible.

—Mírala. —La voz de Addison resuena en la oficina mientras se acerca a Daniel—. ¡Mírala!

Le grita en la cara y él baja la cabeza, sacudiéndola y tratando de hablar. Addison no lo entiende; todo lo que ve es el dolor. Y hay mucho de eso.

—No era mi lugar —le dice Daniel con severidad, pero su expresión le ruega que lo comprenda. ¿Cómo puede reclamarle si no sabe nada?

—Ella no está bien y tu hermano le hizo esto. —

Da otro paso hacia adelante y me señala, todavía parada detrás de ella. Su labio inferior tiembla cuando grita—: ¡No hiciste nada!

Me agarra a los hombros con más fuerza y me siento tan pequeña. Ya es difícil saber qué pensar, pero sé lo que ve y me rompe el corazón.

—No tenía elección...

—¡Una mierda! —ella lo interrumpe, gritando cada vez más fuerte—: ¡Dejaste que la lastimara!

El silencio comprime el tiempo, obligando al reloj a correr más rápido. El momento pasa rápidamente, mi cabeza se siente mareada y no puedo evitar que mi respiración se acelere.

Me aferro a mí misma con más fuerza, luchando por mantenerme erguida.

—Me voy y me la llevo conmigo. —La ira se ha ido; solo hay resolución en la voz de Addison—. Así que Dios me ayude, si te interpones en mi camino, nunca volveré a ti. Nunca, Daniel.

—¿Me vas a dejar? —él pregunta, la mirada en sus ojos se endurece, los plateados brillan incluso cuando los temblores de intensa emoción recorren su dura mandíbula. Su determinación sigue ahí, todavía inflexible.

—¿Cómo podría quedarme contigo? —ella

pregunta, tratando de disimular la miseria en su tono mientras apresuradamente se seca las lágrimas —. ¿Cómo podría quedarme aquí sabiendo esto?

Cualquier atisbo de ira se desvanece de Addison, la comprensión de lo que está haciendo rompe su ira y disgusto. Ella lo está dejando.

—No hagas esto —finalmente hablo, empujando hacia adelante y agarrando el brazo de Addison. Le suplico—: No es necesario que te metas en este lío; no necesitas…

—No se trata de lo que tengo que hacer —Addison habla con tanta suavidad, pero con una uniformidad que contrasta con su expresión desanimada—. Se trata de lo que quiero hacer.

Su voz no vacila cuando se vuelve hacia Daniel, ella toma mi mano entre las suyas y le dice una vez más—: Me voy y me la llevo conmigo. —Con una rápida inhalación de aire y sus ojos profundos verdes llenos de lágrimas, ella vacila, pero luego agrega—: No me sigas, Daniel.

—Sabes que lo haré —él le dice sin remordimientos, pero también sin objeción a que ella se vaya.

Mi mano se siente tan fría en la de Addison y trato de hablar de nuevo, pero ella me hace callar.

—Por favor, no me hagas esto más difícil —ella

me habla, aunque suena como una oración desesperada.

Está en silencio durante tanto tiempo, la agonía persiste en el aire. Mi mirada se desplaza entre los dos; él la está mirando, pero ella está mirando la puerta abierta.

—Necesito irme —ella le dice de nuevo, apretándome la mano y yo la aprieto, por ella. Sigo rezando para escuchar los pasos de Carter o su voz. Cualquier parte de él que venga a mí y arregle esto. Para arreglar el lío que causé.

—No quiero que esto suceda —yo le digo, y las palabras son ásperas entre dientes mientras tiro de la mano de Addison para que me mire.

Y ella lo hace.

Puedo sentir los ojos de Daniel sobre mí, pero no lo miro; en cambio, le suplico a Addison, deseando que me crea.

—Él no lo sabía —miento. Diría mil mentiras para evitar que los separe a los dos.

Puedo ver a Daniel moverse incómodo por el rabillo del ojo, pero no reacciono. La expresión de Addison se vuelve suave y comprensiva cuando aprieta mi mano de nuevo.

—No tienes que mentir por ellos. —Su voz está cubierta de una tristeza que me araña las entrañas.

Ella me da una sonrisa suave que es falsa y vacila cuando me dice—: Son chicos grandes y sabían lo que estaban haciendo. —Dirigiéndose a Daniel, agrega—: Él sabía que yo nunca estaría bien con algo como esto.

La emoción destroza cada una de sus palabras y, a su vez, la dureza de la mirada de Daniel. No puedo soportar mirarlo, viendo cómo sus palabras los destruyen y el amor que quedaba entre ellos.

—Se acabó. Y quiero irme —ella dice en dos respiraciones que se demoran entre ellos—. Déjame ir, Daniel. Por favor. Tienes que dejarme ir esta vez.

Incluso mientras las lágrimas caen por sus mejillas, ella se mantiene firme. Miro más allá de Daniel, negándome a mirar a ninguno de ellos mientras mi visión se vuelve borrosa por las lágrimas. El dolor que siento por ellos se magnifica cuando me doy cuenta de que me lleva con ella, y Carter no está aquí.

Él no está peleando por mí.

Él ya no me quiere.

Me cubro la cara, apartando mi mano de la de ella y dejando escapar la torturada pena de dejarlo, pero en el fondo de mi mente escucho el silbido de las voces, él no dejará que eso suceda. Ella no podrá irse tan fácilmente.

Son silenciados con las únicas palabras de despedida de Daniel.

—Haré que Eli te lleve.

Él no la toca; no espera ni un segundo más. En cambio, simplemente se vuelve y nos deja sin una palabra más, lo que solo hace que el dolor se vuelva más fuerte.

Carter, por favor, ven por mí. Por favor.

Addison lucha por controlar su compostura, viendo a Daniel irse sin siquiera un adiós.

—Lo siento mucho —le digo de nuevo, abrazándola mientras ella me abraza fuerte.

—Sigues disculpándote cuando esto no es tu culpa. —Sus palabras son suaves e interrumpidas por el sonido de pasos.

Apenas miro al hombre llamado Eli, vestido con un traje gris ajustado, sin corbata ni gemelos, lo que lo hace parecer más informal, y con zapatos negros gastados, pero de alguna manera le sientan bien.

Es su mirada la que me obliga a apartar la mirada. Ojos agudos de color azul pálido que no tienen nada más que simpatía en ellos.

No la quiero. Me avergüenza que Addison me lleve detrás de Eli y otro hombre llamado Cason.

Es más bajo que Eli, pero no mucho, y tiene músculos abultados que lo hacen parecer más grande. Él es el que lleva dos maletas que dice que son para nosotras, pero no sé qué hay en ellas. Addison llora más fuerte, aunque asiente con la cabeza. Su fuerza en este momento es algo que admiro. Ojalá pudiera seguir adelante, tomar la decisión de irme aun sabiendo de lo que son capaces los hermanos Cross.

Con Cason detrás y Eli al frente, nuestros pasos resuenan en el silencioso pasillo. En cada esquina, espero que Carter esté ahí para detenerme y rezo para que no lo esté, para poder escapar y esconderme de él.

Cada segundo más cerca de la puerta se siente como si tirara de mi corazón desgarrado.

Carter nunca viene, y eso hace que el frío del exterior sea mucho más frío.

Las peonías han muerto por el paso de la temporada, nunca duran mucho y la luna llena, ilumina cada tramo del camino hacia el elegante sedán negro que nos espera a pesar de que sigue siendo temprano.

Mientras miro hacia la casa, buscando a Carter en cualquiera de las ventanas, Addison espera a que entre en el carro con lágrimas silenciosas aun cayendo. Él no está ahí. Él no está mirando.

—No tenemos que irnos —le digo en voz baja

una vez más, deseando desesperadamente que Carter salga y diga que entiende y que me perdona. Como yo a él. En todos los sentidos.

Por lo que pasó en la celda. Por lo que pasó hoy. Está todo jodido y no hay ni una pizca de bueno en nada de eso, pero juro que lo amo. Y el amor es perdón, ¿no?

Lo perdono por todo lo que ha hecho. Solo lo quiero de vuelta. Quiero que me ame de nuevo.

Por favor, Carter.

Pero no verlo aquí... Él sabiendo que me voy, y sin molestarse en decir adiós o tratar de luchar por mí en lo más mínimo, sé que no me quiere. Me aplasta.

Ese pensamiento es lo que me obliga a subir al carro, mi espalda golpea el cuero con un golpe contundente. El sonido del maletero abriéndose y los murmullos de Addison y Eli hablando no significan nada.

No sé adónde iré ni qué haré.

Mi piel está entumecida y apenas puedo respirar.

¿Cuántas veces he intentado correr? Sin embargo, aquí estoy, y daría cualquier cosa por Carter.

pisoteando hacia nosotros y arrancándome de mi salvador para arrojarme de vuelta a la celda.

Los asientos de cuero protestan cuando Addison entra y se abrocha el cinturón de seguridad. Hablo por encima del clic.

—Lo amo —le digo, tragando saliva—. Amo a Carter.

Ella apenas me mira, sus ojos enrojecidos y llenos de manchas y sus mejillas todavía sonrojadas por el llanto.

—Yo también amo a Daniel. —Su voz es ronca mientras inclina la cabeza hacia atrás, descansando y mirando al techo del carro—. Pero el amor a veces no es suficiente. No pueden hacerte eso.

Me avergüenza su respuesta. Me avergüenza que tenga que salvarme.

Me avergüenza haberlo permitido y con un solo momento, aparentemente ella le puso fin.

Ojalá pudiera arrancarme el corazón y nunca volver a sentir el amor. Qué fácil sería la vida si realmente pudieras ser desalmado.

Hace horas, estaba enamorada de un hombre al que sé que nunca debería haber dejado que se me acercara.

Y ahora él me está viendo irme sin objeciones, y eso me destruye. Nunca he sentido dolor y arrepentimiento como este. No importa lo que pasó entre nosotros hoy; sentiría esta lágrima en mi alma sin importar lo que hubiera hecho.

Debería haber sabido que el concepto de felices para siempre nunca se haría realidad cuando mi apellido es Talvery.

CARTER

*E*lla se va.

Ella se aleja. Directamente por la puerta principal. Nunca hubiera imaginado que sucedería de esa manera. Ella siempre corría y se escondía en las sombras. Yo sabía que se iría algún día, en el fondo de la boca del estómago, pero nunca imaginé que sería así. Nunca imaginé que me dolería de esta manera.

Tragando saliva e ignorando el dolor, tomo otro libro del suelo, una tapa dura de *El señor de las moscas*. Es una edición de coleccionista y observo cómo trazo el lomo con mis dedos mientras le pregunto a Daniel—: ¿Llamaste a Sebastian?

Él está apoyado contra el alféizar de la ventana, pero no puedo verlas irse como él.

No la veré alejarse de mí.

—Él ya lo sabe. —Su voz es baja, no llena del resentimiento que sigo esperando que me lance.

Por ser el hombre duro que es, Daniel siempre ha perdonado a su familia. Ojalá yo sintiera lo mismo.

—¿Cómo es eso posible? —le pregunto mientras coloco el libro en el estante y busco otro. Alguien más podría encargarse de esto y limpiar mi desorden, pero no quiero que lo hagan. Necesito hacer algo antes de lidiar con las consecuencias. Cada vez que me agacho tomo otra respiración profunda. Cada libro en el estante es una pieza colocada nuevamente en su lugar.

Necesito hacer esto antes de poder lidiar con Jase yendo a mis espaldas y todo lo que ha sucedido en las últimas horas. Nadie saldrá ileso. *Nadie.*

Rechinando los dientes, le doy la espalda a Daniel mientras me responde.

—Addison estaba lista para correr; yo podía verlo. —Él se ve lleno de culpa y remordimiento mientras mira por la ventana, viendo las luces del carro apagarse en la espesura del bosque a medida que avanzan por la carretera.

Alejándolas de nosotros.

Alejándola de mí.

Incluso mirar las luces, tan pequeñas y débiles en

la distancia, empuja el cuchillo más profundamente en mi pecho.

—Así que lo llamé y le pregunté si le importaría. —Se encoge de hombros, intentando refutar la devastación de lo sucedido. Está claramente escrito en su expresión, pero continúa—: Nunca se ha usado y está cerca, está contenido y es fácil de proteger.

—¿De verdad piensan que las dejamos ir? —le pregunto, sintiendo una oleada de control de nuevo. Ella nunca me dejará. Nunca.

—Estoy seguro de que Addison lo sabe. —La urgencia en la voz de Daniel me obliga a mirarlo. Ahora está apoyado contra la ventana, mirando hacia la puerta de mi oficina y mirándola sin rumbo fijo—. Ella intentará irse, así que también debemos estar atentos.

—Siempre atentos… —murmuro y luego agrego —: Por los enemigos que vienen y por nuestras mujeres que se van.

—Mírate, incluso ahora te preocupas por ella —él señala y el comentario de Daniel me pilla desprevenido—. Más de lo que le admites.

—Simplemente no quiero que la tengan.

Una sonrisa fulminante y triste tira de los labios de Daniel, haciéndolo lucir aún más miserable.

—Nuestras mujeres. —Él repite mis palabras

La tensión se aprieta alrededor de mi pecho.

—¿Hay alguna diferencia entre Addison y yo, y entre Aria y tú? —me pregunta con una voz llena de acusaciones.

Luego habla antes de que pueda responder.

—Amo a Addison. —Su respiración se acelera mientras lucha por ocultar el dolor de verla dejarlo.

Él mira al suelo por un momento, se mete las manos en los bolsillos antes de mirarme y preguntarme directamente—: ¿Todavía la amas?

Pasa un latido, pero sólo uno. Un solo latido dentro de mi pecho y sé la respuesta. Digo la palabra al mismo tiempo que se abre la puerta y entra uno de mis hombres.

—Jefe —Jett me grita mientras llama a la puerta abierta.

—¿Tienes una actualización? —le pregunto con una ceja arqueada, mirando sus nudillos en la puerta y preguntándome por qué se molestó en tocar.

Asintiendo con la cabeza y enderezando los hombros, Jett me responde sin dudarlo. Daniel está inquieto, apoyado contra la ventana y luego pateando mientras escucha al soldado. Jett es uno de los hombres de Eli. Eli es un teniente, el rango otorgado a los hombres en quienes confiamos implícitamente para liderar a otros hombres en nuestra familia criminal. Y Jett es el soldado que dejó atrás para ver que todo encajaba con él fuera.

Los cuatro, mis hermanos y yo, tenemos dos tenientes cada uno y el área que reclamamos está dividida en cuatro. Mantiene las cosas limpias y organizadas. Sin embargo, todos los hombres que trabajan para nosotros me llaman jefe. Soy el único jefe.

Sin embargo, este hijo de puta escuchó a Jase. Jase dio una orden que contrarrestó directamente la mía, que debería haber sido absoluta, y este imbécil la escuchó.

Un tic en mi mandíbula comienza a sentirse cuando lo recuerdo, sintiendo el calor y la ira de lo que sucedió hace solo unas horas agitando odio en mi sangre una vez más.

Puedo ver el momento en que Jett se da cuenta de que no he superado ese pequeño truco. Sus pupilas se dilatan y tartamudea una palabra antes de hablar más rápido. Eso es lo que pasa cuando estás cagado de miedo.

Tengo que recordarme a mí mismo que no lo sabían. Jase es el único responsable.

—Eli y Cason están en el primer carro, y hay tres carros señuelo, aunque no hay rastro de nadie que las esté mirando o siguiendo—. Traga, y puedo oír el trago seco de su garganta mientras me imagino arrancándola.

Jase me desafió.

Siguieron sus órdenes y no conocían las mías.

Me recuerdo a mí misma ese hecho, agachándome para agarrar otro libro del suelo y controlar la rabia. Alguien necesita que le den una paliza por lo que pasó.

Golpeando el libro en el estante, veo la cara de Jase. Los dejó ir. Todo el mundo sabrá que ella me puso una pistola en la cabeza por su culpa.

—¿Quieres que te ayude?

—No —lo interrumpo en un solo suspiro, sin ninguna emoción.

—¿Alguien incluyó a los hombres de Romano? —Daniel pregunta y observo la reacción de Jett, poniendo otro libro en el estante—. O mejor aún, ¿quién sabe adónde irán Aria y Addison y si abandonaron las instalaciones? Nombra a cada hombre.

—Los hombres de Eli y Cason, los diez de nosotros —Jett se apresura a responderle y luego se para en silencio en atención de nuevo. Su mirada se lanza entre nosotros dos, esperando cualquier otra pregunta u orden. Está parado con la espalda derecha, igual que Eli. Pero hay un nerviosismo en él que no me gusta.

—Quiero treinta hombres esparcidos en las cuadras que rodean la casa de Sebastian en la Quinta —le dice Daniel a Jett, aunque sé que está hablando conmigo—. El Cuarto Rojo está en el lado norte, por lo que la calle ya está manejada, pero los otros tres lados de nuestro territorio son más livianos para los hombres y más cercanos a Talvery de lo que me gusta.

—Necesitamos cincuenta —le corrijo. Los lados este y sur deben tener una segunda fila. Si Talvery va a venir por ellos, si mis enemigos descubren dónde están Addison y Aria, quiero más hombres.

—Podemos tener cincuenta fácilmente — responde Cason como si fuera una pregunta y no una demanda. Continúa—: Solo tenemos que retroceder en el lado este más bajo, más cercano a Crescent Hills.

Jett se lame el labio inferior mientras mira más allá de mí, usando sus dedos para contar a los hombres distraídamente.

Me tomo un momento para considerarlo realmente cuando me dice que el lugar siempre está causando problemas, pero si nos retiramos, los problemas se solucionan solos de todos modos. Como ocurre con la gente que tendemos a tener que controlar en Crescent Hills, simplemente mata a la gente que les causa problemas si no intervenimos.

Sé que tiene razón porque es de donde soy y así era cuando crecí, pero me cabrea. La idea de que podemos salir de áreas en las que apenas hemos comenzado a tomar el control y dejar que se maten unos a otros porque no vale la pena... me golpea de una manera que no debería.

Solo porque es un lugar al que solía llamar hogar. Sé que es por eso, pero no ayuda a controlar la rabia que hierve dentro de mí.

—Cincuenta entonces —responde Daniel y se cruza de brazos. Desde aquí puedo sentirlo mirándome, pero todavía estoy concentrado en Jett mientras divaga sobre qué hombres pueden ir a dónde. Voy a empezar a llamarlo señor Cálculo si no se calla pronto. Mi mandíbula está tan apretada que creo que mis molares se romperán por la presión.

Puedo verme sacando mi disgusto con Jett. Ya puedo sentir cómo su mandíbula se rompería bajo mi puño. Haría falta más de un puñetazo sin mis nudillos metálicos.

—Carter —dice Daniel, y rompe la visión de mí dando una paliza a esta mierda titulada. Un idiota que no creció como yo y no le importa un carajo nadie en esa ciudad.

—¿Qué? —No escondo la irritación cuando la palabra sale profundamente de mi pecho.

—Deja el pobre libro —él me dice, mirando el libro que prácticamente estoy destrozando en mi mano. Lo coloco en su lugar en el estante, paso mi mano por mi rostro y luego apoyo mis manos contra los detalles de madera tallada de la estantería. Me quedo mirando el lugar vacío que todavía espera que los libros sean reemplazados.

—Siempre el puto comediante —murmuro en voz baja, tratando de relajarme y encogerme de hombros ante la necesidad de dejar salir toda mi rabia.

—Vigílalas a las dos y dinos si quieren irse — Daniel le da a Jett sus órdenes, pero lo que el idiota dice a continuación me empuja al límite.

—¿Y si Aria quiere irse a casa? —Jett pregunta, preocupación evidente en su mirada.

—¿Qué dijiste? —Puedo sentir mi propia mirada entrecerrarse en él mientras me empujo fuera de la estantería. La habitación se siente más caliente, más pequeña y la adrenalina corre por mi sangre.

El soldado no se da cuenta de mi enfado. No entiende que lo que está sugiriendo le va a golpear la cabeza contra la jodida pared.

—Sal —dice Daniel mientras doy dos pasos hacia mi presa.

Jett se queda quieto a la orden de Daniel, mirándolo como si se preguntara si escuchó bien.

—Ella no va a ninguna parte —le dice Daniel mientras avanza, empujando su mano contra mi pecho por segunda vez esta noche. El lado más duro y oscuro de su alma se muestra cuando agarra a Jett por su garganta y lo empuja contra la pared. Tan fuerte que escucho un crujido, aunque no estoy seguro de qué fue lo que hizo el sonido repugnante.

El cuerpo de Jett se hunde en el agarre de Daniel.

—Ambas mujeres estarán allí temporalmente. —Aunque tienen una altura similar, se siente como si Daniel se elevara sobre Jett mientras asiente y rápidamente está de acuerdo con Daniel, mirándolo a los ojos y asegurándose de que su voz sea clara.

—Por supuesto. Están ahí temporalmente, eso es seguro.

—Asegúrate de no olvidar eso. —Las palabras de despedida de Daniel son burladas mientras suelta a Jett y el hombre lucha por estabilizar sus pies—. Sal de aquí.

Verlo gritar en la cara de Jett alivia algo de la tensión. Sólo un poco.

Jett no se detiene ni espera nada más de ninguno

de los dos. Después de todo, debe tener algo de sentido común.

—Quería golpearle la cabeza —le digo a Daniel mientras el sonido de ese hijo de puta corriendo por el pasillo para escapar se atenúa.

—Lo sé —dice Daniel de espaldas a mí mientras se arremanga—. Por eso tuve que hacerlo.

El tic-tac del reloj avanza constantemente entre sus últimas palabras y las siguientes.

—Con la guerra que se avecina, necesitamos a todos los hombres que podamos reclutar.

ARIA

Cuando escuché a Eli decir que íbamos a una casa segura, esto no era lo que esperaba.

Está en el extremo más alejado de la ciudad, lejos del ajetreo y el bullicio, en una zona más tranquila y cerca de Main Street, con algunas tiendas a poca distancia. Hay algunas casas pintorescas que bordean la calle, pero casi un cuarto de milla las separa en esta calle.

Esta no es como la casa segura que tiene mi padre. Esta casa está a la vista, pero está construida para la guerra si miras con cuidado el exterior.

El edificio de tres pisos está hecho de piedra, con una cerca de concreto alrededor de la propiedad, cubierta de hermosa hiedra. La puerta de entrada es toda de acero, pero está bellamente grabada con lo que parece un patrón celta. Sólo pude vislumbrar brevemente antes de que me llevaran al segundo piso, y cada piso parece ser autónomo, por lo que varias familias podrían vivir aquí y ni siquiera verse entre sí. Estoy absolutamente asombrada, aunque eso no hace que me olvide del dolor en lo más mínimo.

La cocina está abierta al salón. El centro de la habitación se centra alrededor de una chimenea de piedra con una repisa de madera reciclada con tintes oscuros. Su robustez coincide con el candelabro de hierro y madera de especias. Pero no queda con la elegancia de la cocina blanca, justo detrás de nosotros.

Estamos atrapados aquí, con un gran sofá de felpa en forma de L y sillones a juego que abrazan la chimenea hasta que los guardias dicen lo contrario.

—Solo unos minutos —es lo que dijo Cason. Pero ya han pasado más de unos pocos mientras permanecemos en la hermosa jaula dorada.

Aunque me estoy mordiendo la lengua; no me atrevo a decirle una palabra a Addison mientras camino detrás del sofá. Addison todavía está enojada, pero me parece falso. Como si solo estuviera tratando de enojarse por estar encerrada aquí en lugar de tener el corazón roto por lo que sucedió.

Ha estado mirando durante los últimos diez minutos la ropa que dejó en el sofá, tratando de no llorar. No puedo soportar verla tan nerviosa.

Soy una idiota, pero admito que estoy agradecida de que ella me distraiga. Si estuviera sola, estaría acurrucada llorando en el suelo.

—Esto es una mierda —ella dice entre dientes, sin dejar de mirar la ropa—. ¡Esto no es lo que quise decir cuando dije que me iba!

—¿Dijo que solo sería una semana más o menos, verdad? —le pregunto con cuidado, tratando de calmarla lo más mínimo.

Ella asiente y visiblemente traga antes de poner los ojos en blanco, aparentemente recordando que está molesta por estar retenida aquí en lugar de tener libre albedrío para irse.

—Por nuestra protección. —Addison toma un vestido y se lo pone en las manos antes de arrojarlo de nuevo al sofá. Apartándose el cabello de la cara, inclina la cabeza hacia atrás y respira hondo. Lo hace mucho, la he visto hacerlo algunas veces cuando se pone nerviosa.

—¿Eso es como una práctica de meditación o

algo así? —le pregunto, queriendo cambiar el tema si puedo, a algo... menos devastador. Estoy exhausta de llorar, pero cansada de estar exhausta de llorar. No quiero sentirme herida ahora mismo; Necesito una distracción por un momento. Solo un momento para respirar antes de enfrentar mi realidad nuevamente.

Ella asiente con la cabeza, apenas moviéndose de la posición y se toma un momento antes de decirme —: Es una cosa de yoga, de verdad, no sé si puedo meditar. —Agarra la bolsa de lona del suelo y recoge la ropa del sofá, una pieza a la vez, para volver a tirarla. —Mi mente siempre está divagando y tengo que levantarme y hacer algo.

Casi sonrío, feliz de que me esté hablando de otra cosa. Estaba en silencio en el viaje en carro aquí y la tensión me ha estado sofocando.

—Sí, lo entiendo —le respondo—. Probé la meditación hace un tiempo y no me gustó nadita.

—¿Gustar? —pregunta con el ceño fruncido, y reprimo una pequeña sonrisa ante su expresión curiosa.

—No es lo mío. —Me encojo de hombros y agrego—: No fue algo de mi agrado.

Mirando mi propia bolsa de lona en el sillón, agrego casualmente, incluso cuando siento que el peso de mi corazón parece crecer y hundirse en mi estómago.

—Me gustan más las cartas del tarot.

—¡Oh! —La emoción en la voz de Addison no es lo que esperaba. Tal vez ella sea mejor que yo fingiendo que la vida está bien cuando está en ruinas —. ¿Como las lecturas de la palma de la mano?

Tengo que sonreír ante su entusiasmo.

Ella sigue hablando mientras termina de recoger la ropa.

—Fui a ver a una gitana en Nueva Orleans una vez. —Me mira mientras me acerco y me siento en el extremo más alejado del sofá. Tengo que hacerlo, para poder escucharla por encima del sonido de los guardias que siguen caminando por la casa segura para asegurarme de que todo esté en su lugar. Como en cámaras. Sé que esos cabrones están colocando cámaras.

Tengo que mantener la boca cerrada, mis dientes rechinando el uno contra el otro ante el pensamiento, y evitar que se muestre la ira mientras me cuenta su historia de la mujer que conoció en el Café du Monde. Trago saliva mientras me cuenta sobre Nueva Orleans, un lugar en el que nunca he estado.

Ella todavía está fingiendo una actitud optimista y yo estoy tratando de mantener el ritmo. Me pregunto si puede fingir así cuando se acueste. Cuando no hay distracciones y el sueño la evade. El sólo pensamiento de lo que mi mente me hará esta noche, me hace agarrar la manta del sofá y envolverme con ella como si fuera un escudo.

—Yo quería que me leyera el fondo de mi taza de café y todo eso también, pero no tenía tiempo.

—¿Siete hijos? —Mis cejas no se han movido de su posición levantada desde que ella mencionó casualmente ese pequeño hecho que le dijo el lector de palma—. ¿Te dijo que vas a tener siete hijos?

No escucho el resto de lo que dice sobre la lectura mientras miro distraídamente, fingiendo escuchar, pero realmente pensando en esta noche y en cómo sé que voy a llorar de nuevo. Me siento impotente, desesperanzada y patética.

La expresión de Addison palidece y frunce los labios antes de decir con cuidado—: Embarazos.

No esconde el dolor en sus ojos cuando aclara.

—Dijo siete embarazos. También dijo que no se lograrían.

Mierda. Ni siquiera puedo mirarla a los ojos mientras lucho por decirle que lo siento. Ella se encoge de hombros antes de tirar de su bolso para cerrarlo.

El ruido de ella cerrando la cremallera de la bolsa

está acompañado por el sonido de Eli caminando de regreso a la habitación. Con las mangas de su camisa de vestir arremangadas, los tatuajes en su brazo están a la vista. Todos son en blanco y negro con muchos detalles. Una brújula que se desvanece en su brazo izquierdo llama mi atención, pero el tono de su voz hace que mi mirada se eleve hacia la suya.

—Las habitaciones están listas. Estaremos abajo en todo momento. —Eli es directo y tiene un toque de acento. Irlandés o británico tal vez, no puedo decirlo. Es sutil, pero está ahí.

—No quiero quedarme aquí —le vuelve a decir Addison.

Sus hombros suben y bajan rápidamente mientras su respiración se acelera.

—Ya no estoy con Daniel. —Su voz se quiebra, pero continúa—: Y no necesito una casa segura. Necesito irme.

La expresión de Eli no cambia. Casi me pregunto si la ha escuchado mientras el silencio se extiende entre ellos. Los únicos sonidos son de los otros hombres detrás de Eli en el pasillo mientras bajan las escaleras hacia su sección de la casa segura.

—Entiendo. —La respuesta inicial de Eli toma a Addison por sorpresa. Ella incluso se estremece un poco, pero luego agrega—: Hay algunas precauciones que deben tomarse primero. Pero en una semana, más o menos, las llevaremos a donde quieran ir y las dejaremos en paz.

En paz.

Odio esas palabras.

—¿Entonces, se supone que debemos quedarnos encerradas en esta maldita casa? —La ira de Addison aumenta cuando hace la pregunta, cada palabra es más fuerte que la anterior. Observo cómo sus uñas desafiladas se clavan en sus palmas mientras no logra controlar su ira.

—Main Street tiene varias tiendas y algunos restaurantes. No tenemos ninguna objeción a que camines por la cuadra… sin embargo, alguien estará contigo en todo momento.

Mi mente ha estado dando vueltas toda la noche con todo lo que ha sucedido. Llevo aquí casi dos horas y recién ahora me estoy dando cuenta de por qué tenemos que quedarnos aquí bajo arresto domiciliario con guardias durante una semana. *Y luego podemos irnos libres.*

Una semana.

—Él los va a matar. —Con mi mirada fija en la cortina transparente, envuelta en la luz de la luna desde afuera de la ventana, la sensación aplastante en mi pecho regresa—. Una semana hasta que termine la guerra.

Addison se vuelve lentamente para mirarme y yo me hundo más en el sofá.

—Me mantendrá como rehén hasta que mi familia muera. —Mi garganta se cierra lentamente como si me estuviera asfixiando, y mis ojos arden más calientes cuando el dolor se difunde a través de mí.

Perdí a Carter. Perdí la oportunidad de influir en él porque fallé.

Y ahora estoy atrapada en este hermoso lugar mientras todos los que amo son asesinados. Mi visión se vuelve borrosa mientras imagino la casa en la que crecí, la sangre en las paredes, los agujeros de bala en las puertas. Lamiendo mis labios, pruebo mis lágrimas saladas.

—¿Eli, puedes responderme una pregunta? —le pregunto con un suspiro al que apenas puedo aferrarme.

El aturdimiento inunda mi mente cuando él asiente con la cabeza, sí.

—¿Hay alguien que limpie todo lo que dejas atrás? —Lucho por respirar mientras lo miro a los ojos y continúo—: O cuando pida ir a casa en una semana, ¿seré yo quien tenga que limpiar los cuerpos de mi familia?

Mi voz tiembla en la última palabra, pero él me escucha. Yo sé que lo hace.

Me imagino a mi primo Brett, su esposa y su bebé. En un momento, están justo donde los vi por última vez durante las vacaciones. Y en un abrir y cerrar de ojos, están muertos en el suelo, sus ojos mirándome como si me vieran por lo que realmente soy.

Y odio lo que ven.

Algunos miembros de mi familia pueden ser crueles como Carter, pero no todos lo son y mucha gente morirá. Sé qué esperar. Lo he visto antes. No puedo sentarme aquí sin hacer nada.

Me niego.

Eli me devuelve la mirada, evaluándome y juzgándome, pero no me importa. Mientras pueda aferrarme a la fuerza de mi mentalidad, no me importa lo que piense. Saber que no puedo, y no quiero, quedarme sentada sin hacer nada, es lo único que importa.

—Sé que es la guerra, pero preferiría estar con ellos ahora mismo —le digo a Eli, secándome las lágrimas cuando me doy cuenta de que ahí es donde está mi lugar—. Creo que sería mejor si me enviaras de regreso a mi casa.

—Quizás cuando termine la semana, querrás ir a otro lugar. —Es todo lo que Eli me da.

No es hasta que se ha ido que me doy cuenta de que Addison está llorando en silencio.

Ni siquiera puede mirarme, pero no me importa.

Ya no me importa nada.

—Así es esta vida —le digo solemnemente, recordando todas las noches que los hombres llenaban la cocina de abajo, tintineando sus cervezas y dándose palmadas en la espalda—. Tenía un tío llamado Pierce.

No lo he pensado en una eternidad, pero ahora estoy reviviendo cierta noche cuando tenía quince años. La noche que marca la primera vez que comprendí completamente lo que hacía mi familia para ganarse la vida y comencé a ver realmente las consecuencias que conllevaba. Puedo sentirlo en carne viva que está mi garganta cuando hago una pausa para tragar. De gritar, de llorar.

—Bajé las escaleras mientras él sostenía algo en el aire y todos los demás en la sala lo vitoreaban.

Sus voces resuenan en mi cabeza.

—Recuerdo sonreír, tan feliz de que mi padre estuviera de buen humor.

No sé si me está escuchando, pero sigo hablando.

—Mi tío estaba tan feliz de verme. —Recuerdo la forma en que su sonrisa se ensanchó antes de dejar lo que sea que había estado sosteniendo y abrazarme como si no me hubiera visto en años—. Me sentí parte de la familia esa noche. Mi padre incluso me dio una copa de vino a pesar de que tenía dieciséis años.

Recuerdo cómo sabía y cómo me sentí cuando se sirvió de su botella y me dio la copa delante de todos.

—Dijo, esta noche bebemos. Esta noche celebramos Talvery. Y todos volvieron a vitorear cuando tomé un sorbo.

Miro a Addison, que está escuchando atentamente y esperando el chiste.

—No fue hasta unos días después que Nikolai me dijo que era una lengua humana. La lengua de una rata que fue asesinada, y estaban celebrando porque los cargos fueron retirados sin ningún testigo vivo para testificar. —Tuve que rogarle a Nik que me lo dijera; me dijo que no querría saberlo, pero lo presioné. Después de que me lo dijo, supe que podía confiar en su opinión si alguna vez quería saber algo de nuevo.

Me quedo mirando la chimenea, deseando que

crepitara con una llama relajante, pero está vacía y no hay leña aquí para encender el fuego.

—Talverys y los hermanos Cross son iguales. Y ambos se matarán o morirán en el intento. —Es una verdad que he querido evitar durante tanto tiempo, pero ahora parece que solo puedo intentar limitar el daño que causarán.

—No es así como crecieron —me dice Addison con lágrimas en los ojos—. Eran buena gente.

—Mi familia también está llena de gente buena. —Se me revuelve el estómago por intentar defender esta vida. Para alguien que no creció en eso—. Simplemente hacen cosas malas. Como mi tío. Amaba a su esposa, amaba a sus hijos y hubiera hecho cualquier cosa por mí si todavía estuviera vivo.

Hay silencio por un momento mientras Addison se sienta lentamente a mi lado, agarrándose a sí misma como si fuera a caer en pedazos si no lo hace.

Ella no habla durante mucho tiempo; ninguno de nosotros lo hace. Pero ninguno de los dos se levanta tampoco.

—No entiendo cómo Daniel se metió en esto. Esto no es lo que eran antes. Te lo juro. Eran buenos y... y... no sé cómo sucedió esto. —Parece perdida como si no tuviera idea. He visto mujeres antes que están en negación, que hacen la vista gorda. Pero ella está realmente sorprendida. Quizás no se dio cuenta de lo real que puede ser esta vida. Qué cerca de la muerte está.

—Yo si lo sé.

Mi respuesta capta su atención y espera más, pero no sé cuánto quiere saber realmente o qué necesita saber.

—Durante mucho tiempo, no hubo nadie al sur de Fallbrook. De ahí soy y básicamente es el territorio que guarda mi padre. Mi padre hablaba de tomarlo mucho.

Recuerdo que cuando era pequeña, me sentaba en su oficina coloreando y él mantenía conversaciones silenciosas sobre los acontecimientos en Back Ridge.

—No había nadie viviendo allí, no había negocios, pero luego —me aclaro la garganta y le digo—: Luego los desarrollos crecieron y hubo más gente. Más oportunidades, como lo llamaba mi padre.

Él y Romano tenían dos territorios uno al lado del otro, y ambos lo querían. Pero las áreas son como una cruz, más o menos.

Cuatro cuartos, lo extiendo sobre la manta en mi regazo, de la forma en que Nikolai me lo explicó.

—El área de Carter está abajo a la izquierda, pero

79

su porción es más grande ahora. La parte inferior derecha es Crescent Hills y no está reclamada, solo una ciudad de mierda sin nadie vigilando, sin nadie protegiéndola. Carter y su equipo siguen acercándose cada vez más, pero solo lo toman poco a poco. Mi padre tiene la parte superior izquierda y Romano la parte superior derecha. Ambos querían el territorio donde está Carter ahora, pero mientras libraban una guerra fría el uno contra el otro por mi madre... —Trago en seco sin saber si ella lo sabe, pero no estoy en condiciones de explicarlo. Carter se hizo cargo. Uno a uno, matando a los hombres que trabajaban para mi padre que intentaron detenerlo, o, a veces, Carter se enfrentó a los soldados de mi padre, demostrando que sería despiadado y que el área era suya, pero tuvo piedad de los que se quedaron con él.

—¿Entonces, fue Carter? —pregunta, puedo ver en sus ojos que no quiere creer que Daniel estuviera involucrado.

—He escuchado mucho los nombres de Jase y Carter. —Casi digo más, pero me aguanto, tragándome las palabras—. Pero Carter es el único nombre que todos conocen. Es Carter o los hermanos Cross.

La frente de Addison está pellizcada pero su expresión está plagada de angustia cuando dice—:

No sé por qué Carter haría eso. No sé por qué querría vivir de esta manera.

Una vez más, casi digo—: Sí, lo sé —pero no lo hago. Es porque mi padre sabía de lo que era capaz Carter. Sabía que se harían cargo. Mi padre intentó matarlos antes de que pudieran convertirse en la poderosa familia que son ahora, pero fracasó. Su intento fallido es lo que convirtió a Carter en quien es.

La verdad, y enfrentar la verdad, hace que una frialdad fluya por mi piel y aprieto más la manta a mi alrededor.

—Entiendo si nunca pudieras ser amiga de alguien como yo. Alguien cuya familia se gana la vida a través de la muerte y el pecado. Alguien que… —me apago, deteniéndome un momento antes de lo que voy a decir a continuación. Tengo que cerrar los ojos para decir—: Alguien que hizo que tú y Daniel terminaran.

—Basta —Addison respira la orden con una seriedad que no esperaba—. No hiciste que termináramos y sigues siendo mi amiga.

Toma mi mano entre las suyas mientras yo la miro, esperando que todavía se sienta así por la mañana. Porque no tengo a nadie en este momento y, en una semana, puede que tenga menos que nadie.

—Todo estará bien y nos cuidaremos unas a otras. Tienes que estar atenta a los que te importan. ¿Ya sabes? —Su mirada me suplica que esté de acuerdo con ella, que me mantenga fuerte. Pero no soy como Addison.

Lágrimas ruedan por mi rostro, pero intento contenerlas, negándome a llorar más esta noche. En cambio, asiento con la cabeza y fuerzo mi respuesta, aunque las palabras salen estranguladas.

—Estoy tratando de serlo. ¿Pero qué puedo hacer cuando los que me importan se quieren muertos?

El silencio vuelve, pero esta vez se apresura a ponerle fin.

—Tomemos un trago. —Se levanta del sofá antes de que pueda siquiera decirle cuánto necesito uno.

Solo puedo asentir con la cabeza en señal de acuerdo, todavía envolviendo mi cabeza en la espiral de horribles eventos que me llevaron aquí.

No puedo pensar en nada más que en Carter mientras la escucho abrir una botella de vino y los vasos tintinean en el mostrador. En cambio, todo lo que puedo hacer es imaginarme la cara de Carter en el momento exacto en que perdí su confianza y él perdió la razón por completo.

Me perseguirá para siempre.

Si no es eso, entonces me imagino a mi familia en ataúdes.

No había forma de que yo ganara.

Ya no quiero hacer esto. Ya no puedo lidiar con esto.

Necesito encontrar la manera de detenerlo.

CARTER

Aquí está más tranquilo de lo que pensé. Sebastian eligió una buena zona. Hizo construir el lugar hace dos años, pero él nunca regresó. No sé si es el recuerdo de él o todo lo que sucedió esta noche lo que hace que mi corazón se retuerza como si alguien lo estuviera exprimiendo desde el interior de mi pecho.

Ni el whisky alivia el dolor. Ni el primer vaso, ni el segundo. No cuando arrojé la botella a la ventana, rompiéndola y llenando la habitación con olor a licor. Antes, pasé demasiado tiempo apoyado contra la pared mientras estaba sentado en el piso de la oficina mirando la caja. La caja que todavía está abierta, vacía y apoyada contra la alfombra. No puedo ponerla de nuevo en su lugar. No me atrevo a moverla como si ella nunca hubiera estado allí.

Todo me dice que la deje ir.

Lógica y razón. Ella nunca me amará por la forma en que comenzamos. Ella nunca me amará después de que mate a su familia. Ella nunca me amará por el hombre que soy.

Sé que todo es verdad.

Pero la idea de dejarla ir duele.

—¿Quieres que vaya contigo? —Daniel me pregunta desde el asiento del conductor, apartando mi mirada del frente de la casa y cortando mis pensamientos.

—¿Estás seguro de que estás bien para verla? —él me hace la verdadera pregunta.

—No voy a lastimarla —le digo mientras miro hacia atrás a la casa, rezando por estar diciendo la verdad.

Quiero que ella sienta este dolor.

Quiero que ella sepa cuánto duele.

—¿Qué vas a hacer? —me pregunta, sus manos deslizándose por el volante de cuero.

—Voy a darle lo que quiere —miento. Nunca dejaré que me deje.

La voz de mi hermano es severa y fuerte en la

cabina del auto cuando dice—: Estás cometiendo un error.

Me sorprende su crítica, mirándolo mientras el oscuro cielo nocturno se vuelve más oscuro.

—Puedes hacer lo que quieras con Addison; no me voy a meter en eso. Pero mantente al margen cuando se trata de Aria y yo. —Es todo lo que puedo decirle porque no sé qué hacer con Aria. No sé qué puedo hacer con una mujer que me traicionaría como lo hizo.

—¿De verdad vas a dejar que ella se vaya? — Cuando no respondo a su pregunta, me empuja diciendo—: No tendrá a nadie cuando termine esto. Nadie.

Levanto la voz para responder y terminar esta conversación.

—Dije que le voy a dar lo que quiere. No dije que la dejaría ir. —Mi voz resuena mientras los ojos de Daniel se entrecierran en la oscuridad.

—¿Vienes? —le pregunto, negándome a dejarlo continuar.

—No, ella no está adentro. Caminó hasta la tienda de licores por más vino cuando Aria se fue a la cama. —Se acomoda en el asiento y mira hacia la calle para agregar—: Voy a conducir hasta allí y vigilarla desde la distancia.

Haciendo una pausa, me mira antes de agregar—: Cason está con ella y hay ojos sobre ella, pero aun así...

—Ella debe saber que la estarás mirando —le digo distraídamente, recordando todo lo que pasó hace meses.

Su asentimiento es solemne.

—Sé que ella lo sabe. Estoy seguro de que ella también lo odia.

Dándole una inclinación de cabeza para que se separe, agarro la manija para abrir la puerta, pero las palabras de Daniel me detienen.

—Me pregunto si lo sabrá cuando llegue a ella.

Con mis dedos envueltos alrededor de la manija, todavía, luego pregunto—: ¿Qué quieres decir?

—Ella solía saberlo de alguna manera. Hace años, cuando Tyler murió. Cada vez que me acercaba a ella, se giraba como si supiera que yo estaba allí. No importaba lo lejos que estuviera o cuántas personas nos rodearan. Ella siempre lo supo, en ese entonces.

Finalmente me mira, la sonrisa triste todavía está en su rostro.

—Me pregunto si será lo mismo incluso ahora.

No sé qué consejo darle a mi hermano. Puedo sentir su dolor y no hay palabras para ayudarlo.

—Sólo asegúrate de que ella esté a salvo —le digo,

recordando todos esos años atrás y todo lo que pasó entre ellos… entre todos nosotros.

—Siempre —me dice y golpea el dorso de su mano contra mi brazo—. No lo jodas.

Fuerza una débil sonrisa en su rostro, aunque no llega a sus ojos. No puedo devolverle lo mismo.

Los sonidos de la noche me saludan mientras la puerta del carro se abre y luego se cierra. Todo lo que puedo oír es los grillos y el viento. Los hombres apostados en el costado del edificio me ven y les reconozco con un simple asentimiento. Me abrocho la chaqueta del traje y camino por la acera hasta el porche. Con cada paso, crece la ansiedad por mis miedos. El miedo de haberla perdido para siempre. De que ella nunca me amó y que nunca la tuve realmente. El miedo de que esta noche haya destruido todo lo que hay entre nosotros.

No hay vuelta atrás de lo que sucedió. No se puede negar que ella está nublando mi juicio y mantenerla significa perder la confianza y el respeto de mis hombres.

La impotencia es algo que no he sentido en tanto tiempo, pero está conmigo ahora mientras camino hacia la casa segura.

Eli ha estado en la puerta principal todo el día con el auricular puesto y el teléfono mostrando los monitores. Se pone de pie más erguido con el golpe de mis botas en los escalones de piedra mientras me dirijo hacia él.

—Aria está en el dormitorio norte del segundo piso. Addison está en...

—La licorería —termino la oración por él.

—Jefe —él dice y me recompensa con el más mínimo destello de una sonrisa—. Por supuesto que lo sabrías.

Abre la enorme puerta de entrada; es de acero sólido de dos metros y medio de alto y un metro de ancho. La luz brillante del vestíbulo se refleja en los pisos de madera recién pulidos. Ha pasado un tiempo desde que estuve aquí y el recuerdo de estar en este umbral con Sebastian me hace detenerme.

Chloe, la esposa de Sebastian, es quien eligió todo para esta casa. Ella quería volver. Realmente pensé que volverían a casa hace años cuando se construyó, pero no fue así.

Allí de pie, recuerdo mi infancia como si fuera ayer, cuando era una persona diferente. Antes de que pasara toda esa mierda con el padre de Aria; antes de que mi mejor amigo se fuera y mi madre falleciera, dejándome para cuidar al borracho de mi padre y mis cuatro hermanos. Nunca pensé en eso y me sentí avergonzado. Pero mientras estoy aquí, pienso en quién solía ser y sé que odiaría al hombre en el que me he convertido. Odiaría en quién me he convertido y lo que he hecho.

Sin embargo, no puedes volver. Nunca podrás volver.

—¿Hay algo que pueda hacer por usted? —Eli pregunta en voz baja, con cuidado.

—¿Como está ella? —le pregunto. Conozco a Eli desde hace cuatro años. Me ayudó a apoderarme de la mayor parte de este territorio y es la única razón por la que me he adentrado más en Crescent Hills, de donde soy. No hay ley en Crescent Hills, por lo que trasladar mi imperio allí es una tarea más difícil que la mayoría, y los ingresos no la justifican. Es un infierno que nadie quiere, pero pensé que Sebastian eventualmente regresaría y me ayudaría a tomarlo. Pensé mal.

—Ella ha estado llorando intermitentemente desde que Addison se fue. —La mirada de Eli no se queda en la mía mientras me informa sobre Aria. Él mira sus zapatos y traga antes de mirarme a los ojos —. Ha visto algunas de las noticias. No estoy seguro de qué es lo que más le molesta. Dejarte o perder a su familia.

La ira es un hervor lento. No debería haber esperado para apretar el gatillo.

—Si ya estuvieran muertos, no tendría este problema.

Eli asiente con la cabeza.

—Estaremos listos cuando usted lo esté, jefe.

—Romano ya está tomando las calles en el noreste.

Eli asiente de nuevo y dice—: Hoy ha estado en todas las noticias. Imagino que Romano los golpeará desde el lado sur esta semana.

—Sin embargo, Talvery lo estará esperando.

—Eso es bueno para nosotros aquí. Es muy probable que lleve a sus hombres a las calles más al norte y lo golpee con más fuerza.

—Ambos reaccionan de manera predecible.

—Y ambos caerán… como es de esperar. —La sonrisa en su rostro se reflejaría en la mía, pero todo en lo que puedo pensar es en cómo Aria realmente me odiará entonces. Ella estaba dispuesta a amenazarme para salvarlos. En el fondo de mis entrañas, sé que la idea de la venganza es algo que le pasará por la cabeza. Y me mata, joder.

—No sé si podré volver a confiar en ella —digo la revelación en voz alta y me arrepiento de inmediato. ¿Qué diablos me pasa?

—Ella lo superará. La escuché explicarle las cosas

a Addison; ella entiende por qué tiene que suceder esto.

El aire de la noche se aferra a mí, manteniéndome aquí en el umbral en lugar de avanzar para enfrentar a Aria.

—¿Dónde encontraste a ese idiota, Jett? —le pregunto, cambiando el tema y le recuerde quién soy. Su maldito jefe.

—Es un buen tirador, solo un poco de mierda cuando se trata de su boca. Creo que tiene Asperger o algo así.

Él mira más allá de mí y hacia la noche por un momento antes de continuar.

—No es muy bueno leyendo pistas sociales, pero en la guerra esperó tres días para disparar contra los insurgentes en Afganistán. Tres días permaneció en el mismo búnker, apenas más grande que una choza. No se movió hasta que los tres de su lista de blancos estuvieron en su punto de mira. —Resopla una risa corta, aunque carece de humor genuino—. Salieron a fumar, pensando que estaban libres ya que había estado tranquilo durante tres días. Solo le tomó veinte segundos meterles a los tres disparos en el cráneo.

—Todavía quiero arrancarle la maldita garganta —le digo distraídamente, aunque mi respeto por Jett crece a medida que me imagino por lo que ha pasado.

Eli se encoge de hombros.

—Le he dicho antes que aún podría disparar su arma si le corto la lengua. —Él se ríe y agrega—: En broma, por supuesto. Le debo mi vida.

—Lo tendré en cuenta la próxima vez que quiera darle un puñetazo en la cara. —Mis palabras salen aburridas, sin la convicción que tenía antes.

—¿Qué dijo? —me pregunta.

—Nada —le respondo, sabiendo que no quiero tener esta conversación con él. Respeto a Eli, pero no es mi amigo. Esto es negocio.

Él asiente una vez, abre la puerta solo un pelo más y el suave sonido de ella crujiendo es fuerte en mis oídos.

—Diles a los hombres que no entren y detengan a Addison hasta que yo termine aquí —digo, mirando la escalera de caracol que conduce al segundo piso donde mi pequeño pajarillo está ahora enjaulado—. No quiero que ella escuche esto.

—Sí, jefe.

Le doy una palmada en el hombro mientras entro, pero no lo miro a los ojos. Aunque estoy mirando la escalera, todo lo que puedo ver es todo lo que pasó hace horas. La pistola que me apuntó, la caja hacia la que corrió y se escondió. La vista del carro mientras se alejaba y cómo no se opuso.

Mi garganta está apretada y el martilleo de mi corazón se vuelve más rápido y más doloroso mientras subo las escaleras. La barandilla está resbaladiza debajo de mi palma caliente.

Ella es mía.

Ella sabrá que soy el dueño de ella cuando la deje esta noche.

Incluso si todavía me deja, siempre me pertenecerá.

Siempre.

El pensamiento hace que el torrente de sangre en mis oídos sea mucho más fuerte. Cada paso que me acerca a la puerta, mi polla se pone más dura, pensando en cada reacción que tendrá hacia mí.

Ira, incluso odio.

O tal vez me rogará que la perdone.

Cierro los ojos, apoyando el lado plano de mi puño contra la pared a la derecha de la puerta de su habitación al pensar en ella suplicando misericordia. Algo que se negó a hacer en la celda.

Mis ojos se abren lentamente al escuchar el crujido de la cama justo detrás de la puerta.

ARIA

Escucho sus pasos antes de que se abra la puerta.

No puedo explicar por qué rezo para que sea Carter. La última vez que lo vi, todo lo que le tenía era miedo.

Con la ventana abierta, el viento entra, desplaza las cortinas de su lugar y deja que la luz de la luna cubra la forma dominante de Carter.

Mi corazón late como loco y recuerdo la primera vez que lo vi. El mismo miedo me recorre, pero también la sensación de que él podría salvarme.

Si tan sólo quisiera, pero por la manera en que me mira, eso no es lo que ha planeado para mí.

En este punto, estoy de acuerdo. Él puede hacerme lo que quiera porque ya sé que me someteré a él. Ya sé que todavía lo amo. No importa lo jodido que sea.

—Carter —susurro su nombre mientras me siento en la cama, dejando que las sábanas caigan en un charco a mi alrededor. Un escalofrío adorna mi piel mientras el viento me hace cosquillas en el hombro.

El suelo cruje con sus pasos pesados y la sombra que cruza su rostro se mueve, abrazando las líneas afiladas de su mandíbula mientras acecha hacia mí.

—Ponte de rodillas —me ordena con voz ronca. Ese es el único saludo que me ofrece y me recuerda cómo era la vida en la celda con él.

El desafío corre profundo por mi sangre y la ira aumenta en lo alto de mi pecho mientras mi mandíbula se aprieta.

—¿Eso es lo que tienes que decirme? —le pregunto con voz temblorosa. La ansiedad y la angustia están igualmente presentes, haciendo que mis dedos de los pies se doblen y mis puños junten las sábanas de seda. Apenas puedo respirar mientras gruño las palabras—: No viniste por mí.

Se detiene al pie de la cama, pero solo por un momento, un solo latido de mi miserable corazón. Habla en voz baja, pero con fuerza mientras se quita la chaqueta y la deja con cuidado al final de la cama.

—Tengo muchas cosas que decirte, Aria Talvery.

Prácticamente escupe mi nombre y yo gruño—: Vete a la mierda —sintiendo que el odio por él se intensifica.

Siempre supe que era mi enemigo, pero nunca sentí que me viera de esa manera. Las mareas han cambiado.

Sus hábiles dedos desabotonan su camisa y mis ojos dejan los suyos para mirar mientras se desnuda.

—Te dije que te pusieras de rodillas —me

recuerda con una voz que gotea de dominio y sexo. Arroja su camisa sobre su chaqueta, perdiendo el control que tenía hace un momento.

Mis ojos se sienten atraídos por el cuero de su cinturón mientras lo desabrocha y luego lo saca rápidamente de su lugar, dejando que el cuero silbe en el aire.

Mi coño se aprieta mientras dobla el cuero en un lazo y espera a que le obedezca.

—Ya me preguntaste, me desafiaste y me mentiste. ¿De verdad vas a desobedecerme de nuevo?

Trago saliva, sabiendo que quiero su castigo y quiero esto. Pero no le miento.

—Nunca te he mentido y nunca lo haré —le digo rápidamente, sintiendo mi pulso acelerarse.

—No me dijiste la verdad. Eso es mentira —dice, su voz más fuerte y no oculta su enojo en lo más mínimo.

—No lo haré... —Hago una pausa y me detengo. Mordiéndome el labio inferior, odio que el único conflicto que tenemos que nos destrozará una y otra vez sea uno en el que nunca estemos de acuerdo—. No me sentaré y dejaré que los mates. No lo haré.

Los movimientos de Carter son más rápidos de lo que creía posible, enviando una punzada de miedo a través de mí. El cinturón golpea la cama mientras agarra mi barbilla y baja sus labios hacia los míos. Mi corazón se acelera y la lujuria se mezcla con el terror.

—No tienes elección —susurra contra mis labios.

Me cuestiono incluso cuando las palabras salen de mis labios—: Estás equivocado.

Puedo sentir su calor; puedo escuchar su corazón martillear en su pecho mientras miro sus ojos oscuros. Podría perderme en ellos para siempre y en este momento, desearía poder hacerlo.

—Ojalá las cosas fueran diferentes —le digo mientras crece su silencio.

—Lo serán pronto —dice. Las palabras pronunciadas en la oscuridad vienen con una amenaza—. De rodillas, pajarillo.

Es su apodo para mí, su agarre en mi barbilla, sus labios tan cerca de los míos y el rápido ritmo de su corazón, todo eso me hace moverme.

Mantengo mis ojos en los suyos todo el tiempo que puedo mientras me pongo a cuatro patas y dejo que lentamente me quite los pantalones. Los baja lentamente, bromeando incluso mientras sus dedos rozan mi piel sensible.

El aire fresco es todo lo que puedo sentir por un momento y sé que el cinturón está llegando. Me preparo para eso, pero no hay nada para lo que parece una eternidad.

—¿Crees que te mereces esto? —me pregunta con la voz baja y sin una pizca de resentimiento como esperaba.

Suspiro la palabra con facilidad, sinceramente—: Sí.

El cinturón muerde la carne de mi muslo derecho por detrás y grito de agonía. No pierde ni un segundo.

Me tiemblan los muslos mientras trato de quedarme a cuatro patas.

¡Golpe! Los bordes del cinturón raspan mi trasero y envían una ola de dolor a través de mi cuerpo mientras queman donde cortan mi piel. No puedo controlar el sollozo que sube por mi garganta. Mis dedos de los pies se curvan mientras agarro las sábanas con más fuerza y lucho contra las lágrimas.

Salto ante el suave toque de la mano de Carter contra mi carne caliente, deseando haber dicho que no, pero entonces sería la mentirosa que él dice que soy.

—¿Sabes lo que les pasa a quienes me apuntan con un arma, Aria? —La voz de Carter está mezclada con una amenaza mortal mientras se inclina sobre mí, su polla dura se clava en mi trasero y solo la sensación envía un deseo arraigado a aflorar en mi sangre.

La lujuria casi ahoga el dolor. Está tan cerca, y desearía que así fuera, pero Carter aún no ha terminado de castigarme.

Sus labios rozan la cáscara de mi oreja mientras me dice—: No viven para apretar el gatillo.

Tengo que tragar antes de poder responderle. Mi piel alterna entre dolor y placer en los lugares donde su mano todavía frota círculos relajantes.

—Nunca lo habría apretado —le respondo en voz baja mientras balanceo mis caderas contra él. Siempre he sido una puta para él. Me inclino ante él y me encanta. Algún lado enfermo de mí lo desea. Imagino que siempre lo haré.

—¿No te importa que todos hayan visto, verdad? —me pregunta y el peso de lo que he hecho se siente más pesado.

—Lo siento. No quería hacerlo. —Trago saliva, en conflicto por mi cansancio, mi dolor, mi codicia por más de sus manos—. No me dejaste otra opción.

Se aleja instantáneamente, dejando mi cuerpo sintiendo el frío del aire entre nosotros. Puedo escuchar el tintineo de la hebilla de metal de su cinturón y lo veo levantar el brazo en las sombras que juegan en la pared frente a mí.

Cierro los ojos con fuerza, pero no ayuda en lo más mínimo.

¡Golpe! El cinturón muerde mi nalga izquierda y luego, inmediatamente, se mueve hacia la derecha.

Aprieto los dientes tan fuerte como puedo en nada y trato de contener mis gritos mientras el cinturón grita en el aire y aterriza golpe tras golpe contra mi tierna carne.

Mis brazos se doblan cuando el dolor me atraviesa. Las lágrimas se escapan incontrolablemente de las esquinas de mis ojos.

Carter empuña el cabello en la base de mi cráneo y me obliga a mirarlo.

Sus ojos están oscuros y arremolinados por la torturada emoción.

—Necesito verte, Aria. No puedes esconderte de mí.

Mi cabeza se sacude antes de darme cuenta de que me he movido, el dolor punzante hace que incluso el pequeño movimiento de rozar mi muslo contra su absoluta agonía.

—No puedo —lloriqueo.

Nunca había sentido un dolor como este. Trato de contener las lágrimas mientras mis hombros tiemblan, pero vienen de todos modos.

—Puedes tomar esto —me dice Carter, agarrando

la carne enrojecida de mi muslo y apretándola. La presión obliga al dolor a destrozar hasta la última pieza de control que tengo.

Con su mano derecha en mi muslo, toma mi coño con la izquierda.

Mi espalda se arquea instantáneamente y colapsaría a mi lado si él no me estuviera sosteniendo en su lugar. El placer es inimaginable. Cada centímetro de mi cuerpo lo siente. Mis pezones forman una piedra, pero mi cuello se arquea y mi cuerpo pide más.

—Puedes tomar esto, Aria. —La voz de Carter es suave, tranquilizadora y profunda mientras frota sus dedos contra mi clítoris sensible. Por la forma en que suena ahora, casi me pregunto si la lujuria que una vez tuvo por mí se ha ido, pero sé que eso no puede ser cierto. Ese no puede ser el caso por la forma en que comienza a tocarme.

Pellizca mi clítoris y un relámpago de placer emociona cada terminación nerviosa de mi cuerpo. Tengo frío y calor al mismo tiempo. Temblando bajo el hombre que me da dolor que no puedo soportar y un placer que me consume igualmente.

Y anhelo más de él. Necesito sus dedos dentro de mí.

Se aleja mientras el placer entumecedor me atraviesa y lo veo alcanzar el cinturón de nuevo.

—Carter —gimo como una súplica.

Amo el placer, pero el dolor es aterrador.

—Por favor —le suplico.

Él duda. Con mi mejilla en la almohada, mirando al hombre destrozado que solo sabe cómo romper a otros, le suplico de nuevo.

—Por favor, perdóname.

—Ya te he perdonado —son las únicas palabras que me da antes de apretar más el cinturón.

Cierro los ojos, esperando más castigo, esperando que Carter me tome como cree que necesita.

En cambio, una mano tranquilizadora recorre el hueco de mi cintura, y por mucho que quiera alejarme, sabiendo que su toque suave hará que el lugar donde me golpeó se encienda de dolor, me quedo quieta para él. Dejo que me acaricie el lugar donde el cinturón se encuentra con mi piel y que el dolor aflorara aún más a la superficie.

—Solo te deseo a ti —susurro en la almohada. Se siente húmedo debajo de mi mejilla, empapada por mis lágrimas—. Por favor, Carter.

—Este soy yo, Aria. Esto es lo que soy.

Sus palabras son un fuego que lame las heridas de

mi corazón, dividido en dos mitades de quien soy. La primera mitad de mí es una mujer que está rota y enamorada de un hombre que ha sido herido más veces en esta vida de las que yo podría soportar. Y la otra mitad es una mujer que quiere ser fuerte y se niega a permitir que su voluntad sea ignorada por más tiempo.

—Ya no sabes quién eres, Carter. No más de lo que yo sabía quién era cuando sostuve el arma— le digo con voz temblorosa—. Toma de mí lo que quieras.

Cerrando los ojos, entierro la cabeza en la almohada, pero luego recuerdo lo que dijo. Y así, me coloco a cuatro patas de nuevo, incluso cuando mis piernas tiemblan.

—Te lo daré todo.

El cinturón cae a la cama con un ruido sordo y antes de que pueda girar la cabeza para mirar por encima del hombro a Carter, él se sumerge profundamente dentro de mí, su polla me llena y me estira sin piedad. Una de sus manos agarra mi cadera para mantenerme erguido mientras la fuerza de su empuje casi empuja mi cuerpo en una posición boca abajo por el golpe. ¡Mierda! Es demasiado tan rápido. El grito que me arrancan es silencioso.

Con su otra mano, pellizca mi clítoris con fuerza

y la fuerza del placer que me atraviesa hace que mi espalda se arquee mientras grito su nombre.

Su pulgar frota mi clítoris sin descanso mientras atraviesa mi orgasmo, follándome como si fuera lo último que podría hacer.

Y lo tomo todo. Mordiendo la almohada para silenciar los gritos y retorciéndome debajo de él por la mezcla de dolor y placer que confunde mi cuerpo, lo tomo por completo.

Una y otra vez.

Lo tomo hasta que creo que me romperá. Hasta que mi cuerpo me ruega que huya, pero incluso entonces, no se detiene. Es un hombre brutal, con instintos brutales y no sé si volverá a tener piedad de mí.

Apenas estoy cuerda, apenas coherente cuando siento su gruesa polla latir dentro de mí. La cabeza de su polla está presionada profundamente dentro de mí, y nunca había querido que un momento durara para siempre como lo hago ahora. Sintiendo el orgasmo más intenso que he tenido mientras Carter gime mi nombre y luego baja los labios para besar mi hombro.

Respira pesadamente mientras apoya su pecho en mi espalda, moviendo una mano para prepararse y la otra para sostener mi vientre, manteniendo mi piel pegada a la suya.

El último beso que me da es largo, sus labios en mi hombro. Como si no quisiera que terminara.

—Me enamoré de la idea de ti —él susurra después de apartar su beso de mí—. Entonces me enamoré de follarte.

Hay una agonía grabada en sus palabras. Parece que me está diciendo adiós y me acabo de dar cuenta.

—Carter —le digo mientras me doy la vuelta en su abrazo, ignorando el dolor del cinturón que todavía está presente, llevando mis manos a ambos lados de su dura mandíbula e intento devolverle el beso, pero él se aparta.

—Pensé que te amaba. —Todo el hombre que aterroriza a todos los que lo desafían se ha ido. Hay una dulzura en sus ojos que me ruega que lo acepte todo, que me incline ante él y me doblegue ante su voluntad. No importa lo que es.

Pero no puedo. Ya no. No después de lo que pasó, y vi la verdad de lo que vendrá. Y si eso significa que este es el final…

Lo miro a los ojos mientras él mira los míos, y puedo sentir las palabras no dichas. O me someto a él o soy su enemigo.

—Te amo, Carter. Pero ya no seré tu pajarillo, porque elegiste ignorar lo único que necesito de ti.

—Quieres que me rinda y eso es algo que no puedo hacer. —Traga saliva con dificultad, la dureza de su tono se vuelve más áspera—. Estás haciendo imposible que estemos juntos.

La tensión entre nosotros es demasiado real, tan espesa y sofocante.

—Tú también —le digo—. Te amo, pero iré a la guerra contra ti.

Mis palabras son temblorosas cuando salen de mis labios.

—Todavía te amo, Carter. Y todavía te deseo. —Las últimas palabras salen apresuradas y le ruego que me crea.

—Mataré a todos los hombres del ejército que te respalden, Aria. Los destruiré a todos hasta que no quede ningún motivo para luchar. —No menciona nada sobre el amor. Solo habla de la guerra.

—Moriré para protegerlos —le digo la verdad.

Son mi familia.

Y me han protegido.

—Tengo que hacerlo —le suplico que entienda.

No oculta el dolor que le causa mi respuesta. Y eso solo hace que mi propio sufrimiento crezca.

—¿Dónde está esa lealtad para mí? ¿Para mis hermanos?

—Nunca les haré daño a ellos ni a ti. —El pensamiento de ellos muriendo a manos de mi propia familia aprieta mi corazón muy fuerte. Mi voz se quiebra mientras hablo—: Sólo dije que protegería a los míos.

—Mi pajarillo ingenuo... Ya desearía que pudieras.

ARIA

Cada vez que hago el más mínimo movimiento, el dolor entre mis piernas consume mi cuerpo.

Lo odio y lo amo a la vez. Me encanta el recordatorio de que Carter vino a buscarme; odio tener que enfrentarme de nuevo con la realidad de la que no puedo escapar.

He estado viendo las noticias y escuchando a los guardias. Sé que ya se ha derramado sangre. Ayer lo vislumbré, pero no estaba segura. Hoy Addison ha mantenido las noticias y sé con certeza que la guerra ha comenzado.

Reconozco los nombres de algunos de los hombres del ejército de mi padre. Los soldados. Hombres que se han reunido en mi cocina a altas horas de la noche. Hombres que han compartido la cena con mi familia de vez en cuando.

Hombres que han sido amables conmigo.

Hombres que me han cuidado cuando mi padre no estaba.

Hombres que tienen esposas e hijos.

Y los nombres que no reconozco de hombres que viven en el lado este del estado... me imagino que también tienen familias. O lo hicieron. Antes de que esto sucediera.

Mi padre me hacía ir a los funerales cada vez que alguien moría. Siempre. Nunca me perdí ninguno de ellos. Dijo que eran familia y merecían ese respeto. Por mucho que haya odiado a mi padre y por mucho que piense que no soy más que una molestia para él, o tal vez un mal recuerdo de mi madre, siempre respeté a los muertos y a sus familias.

Esta vez no podré hacerlo, y por alguna razón eso me duele más de lo que creo que debería.

Dos nombres que no han aparecido son Nikolai y Mika.

El primero, un hombre al que he querido en más de un sentido.

Y el segundo, un hombre con el que he soñado con matarlo yo misma.

En este mundo, hay hombres que son buenos y

hay hombres que son malos. No me convenceré de lo contrario. En la guerra, ambos tipos de hombres mueren. Y ambos tipos de hombres pueblan cada ejército.

—¿Cómo estás esta mañana? —La pregunta de Addison saca mi mirada de la cafetera hacia ella. Tenía la intención de encenderla y nunca lo hice. No puedo concentrarme en otra cosa que no sea la guerra.

Parece que ella no pudo dormir nada. Los círculos oscuros debajo de sus ojos son un claro indicio.

—Vine a ver cómo estabas anoche, pero ya estabas dormida.

Mis pulmones se detienen al pensar en lo agradecida que estoy de que ella no haya entrado mientras Carter estaba allí. Nunca me había sentido tan desgarrada en mi vida como anoche. Es una situación imposible.

—Sí, caí rendida. —Ofrezco la excusa poco convincente y se siente falsa en mi lengua al saber que le estoy ocultando la verdad. Finalmente presiono el botón para encender la máquina, pero luego tengo que verificar para asegurarme de haber agregado agua. Yo lo hice.

Mientras tanto, Addison se dirige al nuevo refrigerador como si fuera cualquier otra cocina, sabiendo que Eli la había abastecido por completo anoche.

Casi le digo que Carter vino simplemente por culpa, pero me trago mis palabras. Ella no lo entenderá. Sin embargo, se aclara la garganta y habla antes de que pueda confesar.

—Vi a Daniel... eso es lo que me tomó tanto tiempo.

Las lágrimas no derramadas brillan en sus ojos y cierra de golpe la puerta del refrigerador antes de arrojar la mantequilla sobre el mostrador para tener ambas manos libres para presionar sus palmas sobre sus ojos.

—Lo siento.

—No tienes por qué. De todos los involucrados, no tienes ninguna razón para estarlo —dice.

Desearía que ella pudiera decirle que sé qué es estar en sus zapatos.

—Lo entiendo. Déjalo salir —le digo mientras pongo mi mano en su hombro y la paso de un lado a otro para tratar de calmarla.

—Simplemente no puedo creer que él estaría bien con la forma en que Carter te trató. Que no hiciera nada.

Dejo escapar un largo suspiro, entendiendo por

qué ella se opone tan fuertemente a Daniel, pero odiando que yo sea parte de esa razón.

—He llegado a un acuerdo con dos cosas —le digo, esperando que eso la ayude—. Uno, amo a Carter incluso si él me odia.

La primera confesión hace que su mirada se encuentre con la mía.

—Dos, no me voy a sentar y no hacer nada. Nunca dejaré que haga algo que me lastime a mí o a mi familia sin pelear con él.

—¿Cómo puedes estar con él, sabiendo…? —Ella no termina, pero no tiene por qué hacerlo.

—No sé cómo. Sinceramente, no lo hago. Y no sé si algo de eso realmente importa. —Apoyo la espalda contra el mostrador y lo agarro por detrás—. No puedo detener esta guerra. No puedo proteger a todos. No puedo evitar que las personas que quiero mueran.

Como digo la última parte, me viene a la mente mi madre y trato de bloquearla. Ya estoy agotada por la emoción y tratando de equilibrar el bien y el mal, el amor y la guerra, que cualquier mención de ella será mi perdición y ni siquiera son las diez de la mañana.

—Esta vida es brutal —susurro y luego me aclaro la garganta para enfrentar a Addison de nuevo—.

Pero es mi vida. Y quiero tener el control de mis propias decisiones.

—¿Sabes que todavía estamos encerradas, verdad? —A juzgar por la insinuación de una sonrisa en sus labios, sus palabras están destinadas a hacerme reír y lo hacen, un pequeño suspiro de risa.

Alcanzando la mantequilla y el contenido de dejar morir la conversación, agrega—: Comamos antes de pensar en cómo vamos a escapar.

—Puedo oírte —dice una voz detrás de nosotros y me asusta. Eli está en la puerta, con una sonrisa en sus labios y si estuviera más cerca estaría tentada de darle un golpe en la cara.

—Estoy seguro de que todos pueden —le respondo y miro hacia el techo—. Todavía no he encontrado las cámaras.

No responde a mis indirectas mientras veo a la cafetera escupir lo último de mi adicción a la cafeína en una taza de cerámica. En cambio, me dice—: Tienes un mensaje.

Es tan alto que solo necesita cuatro pasos para cerrar la brecha entre nosotros y alcanzarme, sosteniendo una hoja de papel doblada.

—¿Lo leíste? —le pregunto antes de tomar el pequeño pergamino.

Su mirada es dura e implacable cuando responde

—: Sí. —Cabreada por la falta de privacidad, tiro fácilmente la preciosa hoja de papel sobre el mostrador. No tengo idea de quién es, pero sigo moviéndome alrededor de mi guardián para buscar azúcar en los gabinetes.

—¿Carter lo sabe? —le pregunto cuando finalmente lo encuentro. Cierro la puerta lentamente, sosteniendo la caja de azúcar más fuerte de lo que debería.

—Sí.

Asiento y luego pregunto—: ¿Es de él?

Me sorprendería si lo fuera, ya que anoche no tenía mucho más que decir, y Eli demuestra que mi suposición es correcta con una sola palabra.

—No.

Trago la repentina punzada de ansiedad, preguntándome de quién es y qué dice, pero no me atrevo a decírselo a Eli.

—No tienes que odiarme —él dice mientras continúo caminando alrededor de él y Addison mientras ella fríe algo en la estufa.

—No tienes que estar merodeando —le respondo de inmediato.

Sin otra palabra, se va, y me siento culpable, aunque sé que no debería.

—¿Qué estás cocinando? —le pregunto a Addison

después de que se va, mirando la hoja de papel sin alcanzarla.

—Huevos, ¿quieres? —pregunta, mirándome y luego mirando el papel. Me sorprende que no pregunte al respecto; Puedo ver la pregunta en sus ojos.

—Claro —respondo solo para ser amigable. Aunque no creo que pudiera comer si lo intentara. Ya tengo el estómago revuelto.

—¿Cómo te gustan? —pregunta antes de echar el suyo en la sartén.

—Fritos, por favor, y gracias —le digo, tratando de mantener mi voz alegre y esperando para abrir la nota hasta que esté sola.

—¿Y la yema? —Addison hace una mueca—. Realmente no sé si podremos seguir siendo amigas.

Sin embargo, solo está bromeando. Sé que lo está, pero la idea de perderla me envía una oleada de náuseas.

—Bien —le respondo con una voz tan juguetona que puedo manejar—. Me los comeré como sea que los estés haciendo. Me gustan los huevos como sean.

Eso es mentira. Sólo me gustan los huevos fritos. Ni siquiera como huevos duros. No puedo justificar por qué le miento o por qué estoy tan nerviosa y me siento tan sola. Pero lo hago y lo estoy.

—Puedo hacerlos como sea. —Addison se encoge de hombros y luego agrega—: De todos modos, estrellados es la forma más fácil. Simplemente no me gusta el sabor de las yemas.

Su relajada respuesta calma los nervios que aún me recorren, pero miro hacia atrás a la nota y noto cuando su mirada me sigue allí. Aun así, ella no hace preguntas y tengo la sensación de que es un hábito aprendido de ella.

Observo como rompe dos huevos en el costado de la sartén, luego agarra un poco del plato en el lado derecho de la estufa.

—Puedo cocinarlos yo, si quieres comer —ofrezco, sintiéndome culpable. No puedo deshacerme de todos estos horribles sentimientos que me atraviesan.

—Me gusta —me dice Addison y luego le da otro mordisco. La sartén chisporrotea mientras la tensión recorre mis hombros y la nota me devuelve la mirada.

—¿Puedo decirte algo más? —Addison me pregunta, raspando su tenedor en el plato en lugar de mirarme. Cuando no contesto, ella me mira y me apresuro a asentir con la cabeza.

—Me gusta que estén aquí de alguna manera.

—¿Quienes? —le pregunto, sintiendo mi frente arrugarse por la confusión.

—Eli y Cason. —Ella no oculta la culpa en su tono—. Sé que básicamente nos mantienen como rehenes, pero viendo a toda esa gente en la televisión esta mañana

Hace una pausa y traga.

—¿Escuchar la actualización sobre el número de muertos en esta guerra de pandillas? —Ella pone los ojos en blanco mientras repite cómo lo llamó el reportero. Mirándome por encima del hombro y luego agarrando otro plato, me dice—: Al menos sé que estamos a salvo.

Solo puedo asentir y aceptar el plato. He estado a salvo toda mi vida. No existe la seguridad, solo la ilusión de ella. Sin embargo, decirle a Addison eso no la ayudará.

Mi tenedor revuelve los huevos en el plato mientras Addison mira, pero ella no dice nada al respecto. Intento tomar un bocado y luego otro, pero no tiene sabor y solo hace que la boca de mi estómago se sienta más pesada.

—¿Vas a leerla? —me pregunta y luego inclina la cabeza hacia la nota.

Asiento una vez y finalmente lo alcanzo, pero después de leerlo, no le digo de quién es. Tampoco le digo lo que dice.

Todo lo que sé es que Eli lo leyó y no sé qué significa eso para mí.

Aria,

Reúnete conmigo mañana por la noche, necesito verte.

Necesito saber que estás bien.

Reúnete conmigo en la tienda de dulces de Main Street.

Puedes caminar hasta allí; Estaré allí. Lo prometo.

Mañana. Ocho de la noche.

Tuyo,

Nikolai

—¿Estás bien? —me pregunta mientras siento que la sangre se me escapa de la cara.

El sonido de mi tenedor raspando abruptamente contra el plato ahoga mi respuesta. Murmuro—: Solo necesito un segundo. —Mientras paso junto a ella con la nota apretada con fuerza en mi mano. Se siente como una traición a Carter al ver a Nikolai.

Pero necesito hacerlo. Tengo que verlo. Tengo que saber que está bien.

Mis pasos son deliberados mientras camino lo más rápido que puedo hacia la escalera, con la intención de buscar a Eli. No tengo que mirar muy lejos; me espera en lo alto de las escaleras.

—Eli —digo su nombre rápidamente como si no pudiera pronunciarlo lo suficientemente rápido. La incertidumbre que siento hace que mi piel se estremezca mientras sostengo la nota.

—Aria —dice mi nombre fácilmente y como si no pasara nada.

—¿Leíste esto? —le pregunto aunque ya me dijo que lo hizo.

Él solo asiente.

—¿Vas a evitar que lo vea? —le pregunto, la fuerza de mi voz amenaza con desvanecerse en cualquier momento.

—Depende.

—¿De qué? —le pregunto sin paciencia.

—De lo que Carter me diga que haga —responde, y me quedo aquí, impotente, frente a él.

—¿Vas a matarlo? —Es el siguiente pensamiento lógico.

Él duda y le suplico—: No huiré de ti si me dejas ir con él. Necesito verlo.

Solo se toma un momento para responder—: Estoy esperando escuchar la decisión de Carter. —Y no puedo contener mi frustración por más tiempo.

—Adelante, espera. Mi decisión está tomada. — Sé que mis palabras no significan nada para el grupo de soldados que me rodean. Es una falsa amenaza, pero he terminado de jugar a estos juegos en los que soy una damisela atrapada en una torre.

—Antes de que te marches —Eli comienza con una cara seria antes de que pueda darle la espalda y hacer exactamente lo que él pensó que haría, salir corriendo.

Él extiende un paquete y lo miro con cautela en lugar de tomarlo.

—¿Qué es? —le pregunto.

—¿Ahora no confías en mí? —pregunta con una pizca de sonrisa asimétrica.

No respondo. Esto no es un juego para mí, es mi vida.

—Es de Carter. —Me lo tiende y finalmente lo acepto, tambaleándome con emociones que ni siquiera puedo comenzar a describir.

—¿Qué es? —le pregunto, pero solo se encoge de hombros. La caja no es particularmente grande o pequeña, por lo que ni siquiera puedo comenzar a adivinar lo que contiene.

—Dile que quiero ver a Nikolai... por favor.

Con un breve asentimiento, pone sus manos detrás de su espalda y toma su posición como si lo que le dijeron que hiciera fuera vigilar la escalera. Y tal vez lo sea. Quizás Carter pensó que bajaría corriendo las escaleras y saldría por la puerta en el momento en que recibiera una nota de Nikolai.

No espero a llegar al dormitorio para abrir el paquete. Retiro la cinta mientras camino y fuerzo la caja para abrirla.

Dentro hay un teléfono, simple y negro, y materiales de arte, un bloc de dibujo y lápices de colores.

Cosas tan pequeñas, pero las miro en la cama durante demasiado tiempo en silencio, deseando no haber crecido en este mundo.

CARTER

*H*an pasado horas, pero ella no se ha movido de la cama. De vez en cuando abre el bloc de dibujo, pero no dibuja como antes.

Principalmente mira el teléfono, esperando que suene.

Ella me está esperando. Ella está esperando mi siguiente movimiento, pero no sé cuál es la mejor acción por tomar.

Cada vez que suena mi teléfono y me dan información sobre dónde están los hombres y adónde van, mis órdenes son inmediatas, confiadas y no deben ser cuestionadas. Todos los que se interponen en mi camino caerán.

Pero lo que quiere Aria... Me recuesto en mi asiento, observándola mientras mira el bloc en su regazo. No sé cuánto margen de maniobra darle. Libre de su jaula, es muy posible que mi pajarillo nunca regrese a mí, dado lo que planeo hacer. Y no puedo permitirme eso. Aria es mía.

—¿Cuántos hombres envió Romano allí? —Daniel pregunta mientras entra a la oficina sin previo aviso. Sin golpear. Supongo que algunas cosas no cambian.

Tomando una respiración profunda que estira mi espalda, le respondo, —Cuatro.

—¿Y quiere que enviemos una docena? —Su tono es incrédulo, pero tuve exactamente la misma reacción y le di una mirada que lo dice.

Dirigiendo mi atención a Daniel, observo sus ojos oscuros y la áspera barba que le crece en la mandíbula. Él también sigue con la misma camisa que llevaba ayer.

—¿Has dormido? —le pregunto y él niega con la cabeza, pero vuelve la conversación a los asuntos comerciales. Volver a ocuparse y acabar con la mierda que le impide tener a Addison de vuelta.

—Jett fue anoche a Carlisle. Dijo esta mañana que contó por lo menos veintidós soldados de Talvery que van y vienen por la cuadra.

—Eso está justo dentro de la frontera norte entre nosotros dos, no entre Romano y él.

—Cierto —me responde, pero no necesito que diga nada, solo necesito un momento para pensar.

—¿El resto de las áreas son de alta densidad?

—¿Alta densidad? —repite, sin comprender. Él no ha estado de regreso hace mucho y todavía se está poniendo al día.

—En lugar de esparcir a sus hombres, ¿los mantiene pesados y agrupados en un área? ¿O es esta la única calle así? —Cruzando mi tobillo derecho sobre mi rodilla izquierda, me recuesto en la silla y tomo un bolígrafo para golpearlo contra el escritorio mientras pienso.

—Es así a tres cuadras de la división entre Romano y Talvery en la parte alta del lado Este. Bedford, creo que sí.

—¿Dónde están los demás? —le pregunto—. Quiero un recuento y el paradero de sus hombres en todo momento.

—Necesitamos más ojos si queremos esa información. Jett no puede moverse si quiere eliminarlos.

—Hazte cargo.

—La mayoría de nuestros hombres están rodeando la casa de seguridad... —Por primera vez desde que comenzó esta conversación, baja la voz para confesar—: No quiero moverlos.

—Entonces, tenemos que enfrentarnos a un ejército con solo un puñado de hombres.

—Hombres capacitados contratados para este propósito expreso. ¿Hombres que han estado esperando esto por cuánto tiempo? —Daniel me recuerda. La mayoría de los hombres que recogimos vinieron con nosotros por una razón. El odio es un mejor motivador que el miedo y Talvery se ha ganado más enemigos en sus décadas de reinado de los que me gustaría reconocer. A medida que crecía, se endurecía.

No fui el primer chico al que estuvo a punto de matar a golpes por comerciar en su territorio. Sin embargo, los demás tenían familias, familias que sabían exactamente quién era el responsable. Familias que vinieron a mí sabiendo que compartíamos un enemigo común.

Miro al monitor, a mi pajarillo que está mirando a la nada y consumida por su impotencia. Por una fracción de segundo, me pregunto si ella sabe todo lo que hizo su padre. Pero ya sé que no lo sabe.

Daniel continúa la conversación, empeñado en idear un plan.

—Jett cree que podríamos usar ocho hombres en total, dos en cada esquina de esa calle y los otros cuatro en el otro lado para limpiar esa área.

—¿Ocho hombres, para enfrentarse a sus veinte? —Mi voz es plana, mi mirada fija en la suya, pero todo lo que puedo ver es cómo bajará esto. Cómo podemos eliminar cada uno de ellos.

—Se supone que Romano enviará cuatro en los próximos dos días para entrar, ya que quiere asesinatos limpios para evitar las noticias y tener que pagar a más policías. Pero creo que deberíamos atacarlos mañana por la noche con los rifles de asalto automáticos que acabamos de recibir en los muelles.

Asiento con la cabeza de acuerdo. Las muertes limpias toman más tiempo, tiempo que usarán para reaccionar.

—¿Por qué esperar hasta mañana? —le pregunto.

—Es domingo —me recuerda Daniel. Un bufido sale de mí, algo sarcástico, algo patético. Hay reglas en esta industria, si se le puede llamar así. Sin mujeres, sin niños. Da paz en los funerales. Y dejar los domingos para las familias. Son signos de respeto y límites. La única razón por la que se mantienen es que a veces los enemigos se convierten en aliados y se justifica fácilmente diciendo que el enemigo siempre respetó.

Solo conozco a un hombre que desafió las leyes y mi pequeño pajarillo apuñaló a ese hijo de puta hasta la muerte. Ni un alma lo defendió. ¿Y quién lo haría cuando su muerte estaba justificada por romper una regla sagrada?

Bueno, ese hombre... y luego yo. Tomé a Aria de Talvery.

—Entonces, mañana por la noche. —Los ojos de Daniel brillan más con el desafío de lograrlo.

—Jett puede quedarse donde está y eliminar a cualquiera de los hombres de Talvery que sobreviva al golpe. Necesitamos que la policía se quede atrás durante al menos ocho horas. En lugar de entrar para ver quién sigue respirando, dejamos que los hombres intenten salir para leer la situación y Jett los eliminará.

—Serán fáciles de pagar. Sé que el oficial Harold los detendrá durante un gran minuto.

Daniel lo considera y luego ofrece otro plan.

—La alternativa sería utilizar explosivos. Pero la calle es una buena ubicación y eso es un desastre que atraerá demasiada atención.

—Atáquenlos mañana por la noche con las automáticas. Págale a la policía durante cuatro horas y llegaremos a la línea de Talvery en el norte como una distracción con el RDX, mi explosivo preferido, cortesía de la mierda por la que Talvery nos hizo pasar. Detona los explosivos allí al mismo tiempo que el impacto en Carlisle Street. Que se concentren en los bombardeos mientras nosotros destruimos su primera línea.

Daniel asiente con la cabeza, relajándose en la silla, aunque su pie no deja de golpear el suelo, delatando su ansiedad.

—¿Quién es todo ahí? —le pregunto mientras mis propios escrúpulos se apoderan de mí.

—¿Qué quieres decir?

—De los hombres de Talvery, ¿quién...? —Hago una pausa para tragar saliva y preguntarle a mi hermano rotundamente—: ¿Alguno de ellos es de la familia de Aria?

—Su primo, Brett, pasa por la panadería por la mañana. Parece su lugar habitual de reunión. Ha estado allí todas las mañanas durante los últimos tres días, según Jett. Pero de noche no. Nada de su sangre. Sin embargo, lo que ella considera familia es discutible.

—Uno pensaría que Talvery se lanzaría con toda su fuerza contra Romano —le respondo en lugar de entretener sus pensamientos sobre quién es la familia de Aria.

—Lo estuvo hasta ayer. Trasladó a los hombres a Carlisle, a nuestra frontera, la noche después de la cena —Aclara a qué noche se refiere cuando le doy una mirada interrogante—. La noche que ella mató a Stephan y Romano le pasó el mensaje. Luego, ayer, algo más cambió.

Cierro los ojos recordando esa noche, recordando el sentimiento de orgullo y lujuria que tenía por ella al crecer esa noche que terminó con la vida de Stephan.

—Cuando se confirmó que teníamos a Aria.

—Sí, fue entonces cuando movió a más hombres a nuestro lado.

—¿Entonces, ahora viene por nosotros? —No puedo evitar sonreír, amando el desafío y el flujo de adrenalina en mi sangre.

—Hay el mismo número de hombres apostados en las dos fronteras. Pero si yo fuera él, estaría apuntándote.

—Él sabe que la dejamos matar a Stephan.

—¿Quizás por eso es igual y por qué no todos sus hombres están asaltando nuestro territorio?

—Un hombre con dos enemigos, ambos apuntándole con armas, ¿quién sabe lo que está pensando?

El tono de Daniel se vuelve taciturno.

—Tengo que decirte algo que no te va a gustar.

—Y pensar… que estás interrumpiendo esta agradable conversación…

—Mira quién está bromeando ahora.

—Tal vez estoy aprendiendo algo de ti.

—¿Qué pasó anoche que lo llevó a acercar a más hombres a nosotros?

Le pregunto a mi hermano—: ¿Es eso lo que tienes que decirme? —Golpeo el escritorio con el bolígrafo mientras pienso en todo lo que Romano me dijo sobre sus planes de diezmarlos en solo cuatro días.

Daniel se reposiciona y asiente, pero sus ojos están llenos de preocupación.

—Romano y Talvery saben dónde están las chicas. —Visiblemente traga y agrega—: Nos siguieron.

Solo asiento con la cabeza, sin querer reconocer esa verdad.

—¿Estás seguro? —le pregunto, sintiendo la tensión crecer en mis hombros.

—Sí —responde con una voz cansada, el movimiento de su pie finalmente se detiene cuando me pregunta—: ¿Qué hacemos con ellas?

—Si ella no viene voluntariamente… la quiero de regreso a la celda cuando esto termine.

La expresión de Daniel se endurece. Su decepción e incluso su enfado son evidentes. No me importa lo que le dije, las promesas que hice o cuán jodida es la posición en la que ella me ha puesto. No me importa nada de eso. La posesividad se agita en mi sangre y lucho por contenerme, así que decido redirigir a Daniel.

—Lo que hagas con la tuya depende de ti.

—No puedes hacerle eso. —Daniel se atreve a decirme lo que puedo hacer—. No puedes encerrarla y esperar que no se defienda.

—Estás enojado porque esto te está afectando a ti y a Addison, y lo siento por eso, pero no voy a dejar que Aria se aleje de mí. No lo permitiré. —La última frase apenas se pronuncia con los dientes apretados mientras mi corazón se acelera y mis manos forman puños con los nudillos blancos.

—¿Quieres una presa o una compañera? —La pregunta de Daniel me pilla desprevenido.

—Ella nunca me verá como su compañero. Siempre seré el enemigo —digo la verdad que me llena de pavor. Esta guerra tiene que suceder. Mataré a su padre. Y ella nunca me verá como nada más que un enemigo una vez que lo haya hecho.

—No si la tratas como a una pareja.

—Quiero a alguien que me quiera de vuelta —le confieso—. Quiero que ella me quiera al igual que yo la quiero, y eso nunca sucederá una vez que termine esta semana.

—Estás tan cegado por el odio que no lo ves —me dice Daniel como si fuera un tonto.

—Tú y Addison son diferentes. No me mires como si estuviéramos en la misma situación, sabes que es verdad.

Sacude la cabeza, pero permanece en silencio.

—La volveré a meter en la celda si es necesario —le digo con firmeza, mirando más allá de él y hacia la puerta cerrada. Ella me quiso una vez y haré que vuelva a suceder. Aprenderá a perdonar.

—¿Qué estás haciendo? Nunca te había visto así. —La expresión de Daniel es de preocupación, pero más que eso, de simpatía.

—Yo la amaba —digo, y mi respuesta es dura; puedo sentir que mi control se resbala de nuevo. Se desliza tan fácilmente con ella.

—¿Y? —me pregunta como si no entendiera. Como si no fuera obvio que la mujer que amo es el enemigo. Incluso cuando todos estén muertos y la haya recuperado, siempre seré su enemigo y no hay nada que pueda hacer al respecto. Ni una maldita cosa.

—Todavía la amas, ¿por qué le harías eso?

—No sé qué es el amor.

—Estás siendo estúpido y esta mierda de *ay de mí* no te queda bien, Carter.

—Vete a la mierda —grito mientras le digo a mi hermano que se vaya—. Addison correrá y tú la seguirás como un cachorrito, pero volverá contigo porque no le hiciste nada. Aria...

Mi garganta se aprieta mientras hablo, amenazando con estrangularme si digo las palabras en voz alta.

—Voy a matar a su familia. La he encerrado, la he castigado.

—Lo que tienes es diferente, pero para ella es obvio que la amas. Ya lo verás.

—El amor no es suficiente a veces. No sé cómo te has quedado atascado en alguna fantasía, Daniel. Vivo en el mundo real, donde soy el villano. Entonces, adelante, dime que me amará después de esto. Sigue diciéndote eso también. Lo que sea que te ayude a dormir.

Daniel no responde. Pasa un momento y luego otro antes de que se ponga de pie abruptamente y me deje en paz.

En el segundo en que la puerta se cierra de golpe, me vuelvo hacia los monitores, concentrándome en ellos mientras mi sangre hierve a fuego lento y mi estómago comienza a agitarse.

Mi cuerpo vibra de ira, desprecio y miedo. No he sentido miedo en tanto tiempo. El verdadero miedo amenaza con consumirme ante la posibilidad muy real de perderla.

No si la tratas como a una pareja. Las palabras de Daniel resuenan en mi cabeza, pero ¿cómo puede decir eso cuando sabe lo que eso significa en este mundo que habitamos?

Aria sigue mirando el teléfono y sin dudarlo, levanto el teléfono de mi escritorio y la llamo.

Apenas ayer, se tumbó en mi escritorio mientras yo jugaba con su coño y su culo, sabiendo que la amaba y pensando que ella me amaba.

Un día puede cambiarlo todo.

La línea solo suena una vez antes de que ella responda, sosteniendo el teléfono cerca con ambas manos.

—¿Hola? —El sonido de su voz es relajante. Todo en ella es un bálsamo para la rabia que arde dentro de mí.

—¿Me odias? —le pregunto, necesitando saber.

—¿Los has matado?

Una sonrisa triste levanta mis labios cuando toco la pantalla con la punta de los dedos. Puedo verla tragar mientras el silencio se alarga, puedo verla comenzar a desmoronarse cuando no respondo de inmediato. Y lo odio. Odio que esto sea lo que le suceda.

—No. —En el momento en que pronuncio la palabra, su cabeza cae hacia adelante y la escucho tomar una respiración profunda—. Pero sabes que tiene que suceder.

Le recuerdo mientras se sienta más derecha, todavía con las piernas cruzadas en la cama.

—Lo sé —responde ella. Observo cómo agarra el edredón y luego se reajusta, pero se estremece mientras se mueve. Sin duda las pestañas del cinturón le están causando dolor. Apenas dejaron una marca en ella. Me contuve, pero, aun así, sé que todavía le duele.

Lucho por respirar cuando ella me pregunta—: ¿Es inevitable que te odie entonces?

—Esa es tu elección.

—Conozco a algunos de los hombres que ya han muerto —confiesa con el dolor grabado en su voz. Sus palabras son tan estranguladas y no están dispuestas a ser dichas así que casi no la escucho. Me toma un segundo y luego otro, los tictacs del reloj marcando cada uno de ellos.

Se cubre la boca con la mano, tirando del teléfono hacia un lado mientras recupera la compostura, pero mantiene el otro extremo pegado a la oreja.

—Siempre hay pérdidas en este negocio —es

todo lo que puedo darle hasta que pienso en agregar —: Lo siento.

—Yo también lo siento —me dice después de un momento.

—Esto no es diferente de lo que sucedió antes, cuando los hombres que estaban frente a tu padre recibieron disparos, por así decirlo. Luchan por él y mueren por él. Todo ha pasado antes.

—Te diré algo que tal vez no encuentres obvio, Carter. —Aria encuentra su fuerza y me da esperanza hasta que habla—. Yo odiaba a los hombres que mataron, simplemente no tenía una cara que asociar con sus muertes.

—Romano.

—¿Qué? —Ella cuestiona y en una sola palabra, siento que la esperanza comienza a surgir dentro de mí nuevamente.

—Dirige tu odio allí, no a mí. —Tal vez soy un cobarde por esconderme detrás de Romano mientras puedo, pero ella no puede odiarme. No sé en qué me convertiré si ella lo hace.

Ella se recuesta lentamente en la cama, muy lentamente, y mira al techo antes de preguntar—: ¿Esto, no fuiste tú?

—No he tenido que hacer nada todavía, pero las cosas han cambiado.

—¿Qué ha cambiado? —pregunta de inmediato, pero su voz es uniforme, desprovista de emoción. Puedo escucharla tragar mientras me pregunta—: ¿Qué ha cambiado exactamente? —Agarra la sabana en su mano distraídamente, esperando mi respuesta.

Cuestiono contárselo solo por un momento. Pero al final, decido darle lo que quiere. Tratarla como una pareja en esto.

—El número de hombres de tu padre que se han movido más cerca de Carlisle Street.

—¿Dónde está Carlisle? —ella pregunta con la mano cayendo sobre la cama, pero todavía agarrando la sábana.

Por mucho que le gustaría saber qué está pasando, tiene mucho que aprender.

—Una calle más arriba de donde se dividen nuestros territorios, señorita Talvery. —Mi polla se endurece mientras le hablo, así como si estuviera negociando con el enemigo. Mi pajarillo está haciendo el papel de reina. Y qué reina sería ella.

—No me gusta cuando me llamas así —dice en voz baja, pero sus labios permanecen separados mucho tiempo después de que se pronuncia la palabra. Miro en la pantalla mientras su mano se mueve hacia su vientre.

—Tu padre se está preparando para invadir y conquistar, y lo está haciendo obvio.

—Está defendiendo su territorio. —Ella es rápida en responder, y encuentro su lógica apropiada. Lo que me hace sentarme más en mi asiento.

—Recuerda quién eres, Aria.

—Todavía estoy averiguando quién soy, Carter. —El aire de dominio la envuelve como un manto cuando me habla así, con solo un susurro de sumisión. Cuando se entrega a mí sin pretensiones, solo con honestidad.

Y aprovecho ese momento para decirle exactamente quién es y siempre será.

—Eres mía.

—¿Lo soy? —Su voz está cubierta de tristeza mientras cierra los ojos.

—Sí —la palabra prácticamente sisea mientras me inclino más cerca de la pantalla, deseando estar allí con ella ahora.

—Y si dejo este lugar; ¿si me voy... a ver a alguien? —me pregunta, y sé exactamente de qué está hablando—. ¿Seguiría siendo tuya?

Mi pulso martilla en mis oídos y muerdo la respuesta inicial y la siguiente.

Le doy la única verdad que conozco—: Siempre serás mía.

—Carter —la voz de Aria se quiebra y se cubre los ojos con la mano mientras habla—. Estoy asustada.

—Eres valiente —le digo, y ella deja escapar una risa sin humor al otro lado del teléfono.

—Me temo que voy a fallar y los dos nos quedaremos sin nadie —me dice, secándose debajo de los ojos y recolocándose en la cama, una vez más haciendo una mueca. Mi mirada se dirige a la mesita de noche donde dejé el bálsamo refrescante, todavía justo donde estaba anoche.

Ignorando su declaración y negándome a pensar en esa posibilidad, le pregunto en su lugar—: ¿Todavía te duele el castigo?

Una vez más, se me da ese bufido de risa antes de que ella responda—: Sí. Dejó su marca en mí, señor Cross.

—No es la única marca que quiero dejar en ti, pajarillo.

La escucho respirar profundamente en el otro extremo y bajo la voz, olvidándome de todo menos de nosotros dos cuando le pregunto—: ¿Te encanta cuando te llamo así?

Pasa un segundo antes de que susurra—: Sí.

De nuevo, alcanzo la pantalla, deseando poder tocarla ahora mismo. Pero no puedo. No cuando sé que el enemigo puede llegar en cualquier momento. Mis hombres se quedarán con ella y la protegerán. Mientras ella esté a salvo, eso es todo lo que importa.

—Necesitas usar el bálsamo que te di —le digo y observo su reacción.

Ella lo mira, pero no se mueve. La tensión aumenta dentro de mí cuando ella ignora la orden que le he dado. Una orden hecha para ayudarle.

—¿Qué pasa si quiero sentirlo? —me pregunta antes de que pueda regañarla, y la confusión me recorre—. ¿Qué pasa si creo que merezco seguir sintiendo el dolor y no quiero el bálsamo?

Su voz se quiebra levemente, pero se mantiene firme.

Mi pobre Aria. El peso de dos mundos en conflicto descansa sobre sus hombros. Y las consecuencias son más graves de lo que cualquier persona podría soportar.

—Necesitas curarte, así que, si me desobedeces de nuevo —bromeo con ella—, tendré un lienzo nuevo para trabajar cuando lo hagas.

Siento una sonrisa crecer en mi rostro mientras la tensión cede con su risa genuina. Es silencioso, suave y tan femenino como Aria.

—Supongo que no pensé en eso —dice antes de subirse al borde de la cama y quitarse los pantalones de chándal delgados que está usando. No lleva ropa interior.

Darme cuenta me recuerda que estoy duro por ella.

Mi polla palpita mientras presiona contra mi cremallera y quiero inclinarme hacia atrás, para reajustar, pero me encuentro inclinándome más cerca del monitor.

Sosteniendo el teléfono entre la oreja y el hombro, puede agarrar el bálsamo. Ella me pregunta —: ¿Puedes verme ahora mismo?

—Sí.

Me recompensa con una pequeña sonrisa en sus labios mientras mira alrededor de la habitación, buscando cámaras que no encuentra.

—Deja el bálsamo, Aria —le ordeno, sintiendo mi polla temblar de necesidad. Observo como ella me obedece, lo deja de nuevo y se pone nada más que una fina camiseta de algodón.

—Sí, Carter —sonríe en el teléfono.

—Pon el teléfono en altavoz —le digo, manteniendo mi voz tranquila para que no tenga una idea de mi profunda y pesada lujuria por ella. Hace lo que le digo, y en el momento en que lo hace le doy otra orden—. Ponlo en la cama y ponte a cuatro patas como te tuve anoche.

Con el ángulo de la cámara, puedo ver su coño fácilmente. Incluso puedo ver su camiseta mientras le cuelga alrededor de la cintura y sus pezones de color rosa pálido son obviamente visibles.

—Eres perfecta —gimo profundamente en mi garganta mientras desabrocho mis pantalones y aprieto mi polla, bombeando una y otra vez.

Tragando saliva miro mientras sus dedos se mueven hacia su sexo, y brilla de excitación.

—¿Le gusta esto, señor Cross? —me pregunta con la voz sensual de una zorra.

—Señorita Talvery, me encanta. —Presiono mi confesión con los dientes apretados. Mientras me acaricio, ella presiona sus dedos en su coño y cuando lo hace, sus ojos se cierran y su mejilla empuja contra la almohada.

Sus labios se abren y apenas puedo escuchar el dulce gemido de placer.

—Desearía poder empujar mi polla por tu garganta ahora mismo —le digo mientras el líquido preseminal se escapa de mi raja. Lo froto sobre la cabeza de mi pene y escalofríos de deseo recorren mi columna y mi cuerpo, haciendo que mis dedos se curven.

Como la buena chica que es, me responde—: Me harías ahogar con eso. Me encanta cuando haces eso.

—Sus sucias palabras hacen que mi polla se ponga increíblemente dura y sé que me voy a correr.

—Fóllate a ti misma más rápido —le ordeno, y ella obedece de inmediato. Empujando sus pequeños dedos dentro y fuera de su apretado coño. Su espalda se arquea y sus caderas se balancean con su inminente orgasmo.

—Quédate quieta y agarra tu trasero donde te golpeé mientras te corres para mí —le digo mientras mis bolas se levantan. Y ella lo hace. Con la cabeza apoyada en la almohada, una mano apretando las marcas de su culo y la otra follándose a sí misma, se corre violentamente, cayendo de lado y gritando mi nombre.

Mi nombre.

Me pierdo con ella, corriéndome en mi mano como un colegial idiota y deseando que no haya nada que nos separe. Deseando haber vivido en un mundo diferente.

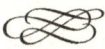

*E*s una extraña ráfaga de emoción que fluye a través de mí. El miedo y la ansiedad se describen con más facilidad, pero hay otros enredados en un nudo en la boca del estómago.

Carter hizo que todo desapareciera cuando me dijo que me tocara. Someterme a él hace que todo desaparezca y el sentimiento dura mucho tiempo después de que cuelga el teléfono.

Mientras salgo de la habitación, sabiendo que estoy haciendo algo que él preferiría que no hiciera, la neblina y el consuelo que proviene de someterme a él se atenúan. Es una consecuencia que acepto. Antes de terminar nuestra conversación, me dijo que lo que elija esta noche depende de mí. Me está dando la opción y no la desperdiciaré.

Quiero ser más de lo que he sido toda mi vida.

Un toque de vergüenza se apodera de mí cuando pienso, *quiero ser una mujer que pueda estar al lado de Carter*. Es vergonzoso porque esto no es para Carter. Esta reunión no es para mi padre.

Este encuentro con Nikolai ni siquiera es por él.

Es por mí.

Mi corazón late en mi pecho, al igual que la adrenalina en mi sangre. Esta noche estaré a la altura de mi nombre. Seré Aria Talvery, hija de un despiadado rey del crimen. Y una mujer parada entre dos hombres en guerra.

Mi padre quería que me quedara de buena gana en mi habitación. Mi amante quiere que me quede voluntariamente encerrada en su casa.

Me quedaré y permaneceré donde quiera después de esta noche hasta que vea mi final. No importa si eso significa que perderé a ambos hombres.

Incluso si el placer que Carter me dio hace solo una hora todavía corre por mis venas.

Puedo escuchar a Addison haciendo algo en la cocina y dudo en ir a verla. No le he dicho nada y se siente como si le estuviera mintiendo al ocultarle estos secretos.

Cuando entro para decirle que voy a salir, el microondas emite un pitido y el olor a sopa de pollo con fideos llena mis pulmones. Comida reconfortante, aunque aquí no hay consuelo.

El aire es tranquilo entre nosotras, pero sé que no durará cuando ella se dé la vuelta y me vea. He estado luchando con si debiera o no decírselo desde que recibí la nota. Quiero apoyarme en ella, confiar en ella, pero también quiero salvarla de este horror que ruge dentro de mí.

No sé qué hacer. Sinceramente, no tengo ni idea de qué hacer, pero sé que, si me pregunta, le contaré todo. Y nunca le mentiré.

—¿Cena? —pregunto mientras abre la puerta, sin mirar detrás de ella para contestarme. Ojalá lo hiciera. Ojalá pudiera terminar con esta parte.

—¿Quieres? —pregunta suavemente, desprovista de la alegría que anticipo de ella. Observo cómo deja el cuenco en el suelo después de quitar la toalla de papel que cubre la parte superior y tirarla a la basura. Ahí es cuando finalmente me mira.

—¿Estás bien? —Primero le hago una pregunta, pero ella la ignora y, en cambio, hace la suya.

—¿A dónde vas? —La voz de Addison está muerta de sueño—. ¿Vas a ver a Carter?

El profundo pliegue en el centro de su frente es evidencia suficiente de su preocupación, pero rápidamente cierra los puños y coloca uno en cada cadera a medida que su pecho se eleva. El acto en realidad me hace sonreír y alivia algunos de los nervios que burbujean dentro de mi pecho.

La quiero a ella y su protección. Ojalá pudiera esconderme en ella.

—Tengo una reunión con otra persona —le digo y siento que la inquietud sube más, hasta mi garganta y me trae verdadero miedo cuando ella me pregunta—: ¿Carter lo sabe?

—Sí —le respondo en un suspiro inestable.

Cambiando su peso de un pie al otro, ella no responde, y miro como la lucha en ella disminuye. Puedo leer las preguntas en su rostro, pero ella elige no hacer ninguna. Las dos más grandes son ¿quién?, y ¿por qué? Una vez en mi vida fui como ella.

—Estaré bien. —Al menos puedo darle eso para aliviar sus preocupaciones, aunque siento que no estaré bien. Se siente como si lo estuviera arriesgando todo y las consecuencias serán graves. Ya lo sé todo, he sopesado todos los riesgos y he pensado en cada resultado.

Pero tengo que hacer esto.

—Tengo que intentar algo para detener todo esto. —Le doy un poco más, insinuando lo que estoy haciendo, pero ella no hace preguntas adicionales.

—Me sorprendes —admite Addison, frunciendo

el ceño con los labios, aunque no estoy seguro de por qué.

—¿Qué pasa? —pregunto, ignorando lo obvio y sintiendo que mi corazón intenta trepar a mi garganta. Me acerco con cautela, sin querer lastimarla o dejarla sintiendo que es cualquier cosa menos mi amiga, mi amiga más cercana.

Tengo que juntar mis manos frente a mí para evitar acercarme a ella, pero no importa, porque ella se acerca a mí primero. Rozando su mano contra mi antebrazo, me da una sonrisa vacilante.

—Lo manejas todo mucho mejor que yo, y yo sólo… —Mientras se apaga, su tono lo dice todo. *Ella se siente débil.*

No puedo soportar su reacción y reprimo sus pensamientos lo más rápido que puedo.

—No lo manejo bien; Apenas lo manejo. —Intento bromear con ella, pero no funciona. Toma una respiración profunda e inestable y luego vuelve a mirar el plato de sopa.

—Daniel me pidió que lo perdonara ayer.

El repentino cambio de tema me asusta y no sé si ella está molesta conmigo o no. Le pregunto en un susurro—: ¿Qué le dijiste?

—Dije que no sabía cómo podía hacerlo. Que cuando me enamoré de él, era un hombre diferente.

—Lo siento —le digo mientras tomo su mano.

Ella tiene un nudo en la garganta y lo encuentro contagioso cuando mira hacia el gabinete más alto y le habla, en lugar de a mí para no llorar.

—Dijo que soy buena mintiéndome a mí misma, pero que está bien y que todavía me ama.

Ella solloza, secándose debajo de los ojos a pesar de que las lágrimas aún no han caído.

—¿Puedes creer las bolas que tiene?

Sus labios se contraen en una sonrisa triste, pero no se queda mientras cede a las lágrimas.

—Lo extraño —llora suavemente en mi hombro y se aferra a mí. Me apresuro a abrazarla con fuerza, abrazándola mientras se derrumba. Me duele mucho verla así. Si pudiera volver atrás, evitaría que supiera la verdad. Ojalá nunca hubiera visto lo que sucedió. Ojalá nunca se hubiera asomado a este mundo del que no puedo escapar.

Ella se aleja después de solo unos segundos, sacude las manos y se aleja, pero luego regresa. Su inquietud se muestra mientras camina como yo, pero en círculos mucho más pequeños.

—Me estoy volviendo loca—murmura y vuelve a sollozar.

—Los chicos Cross son buenos para hacer que las mujeres que aman se vuelvan locas —le respondo en un tono inexpresivo con una débil sonrisa. Le toma un minuto mirarme a los ojos, y cuando lo hace, no acepta el humor en mi respuesta.

—Te juro que no sabía las cosas que hacen. Pero me dijo que siempre había sido un mal hombre y que eso nunca le impidió amarme. O a mí amarlo antes.

Froto su brazo, sintiendo que todo es culpa mía y odiándome por ello. Ojalá pudiera volver. Si tan sólo pudiera. Hay tantas cosas que cambiaría.

—Quiero irme con él, pero él no dejará a sus hermanos y no creo que pueda pedirle que haga eso, pero juntos vivirán así… gobiernan así.

—No es un mal hombre, Addie. —No sé a dónde va con esto, pero me niego a dejar que se concentre en algo que nunca cambiará—. Y lo que hacen… lo hacen porque tienen que hacerlo.

Me trago el dolor de las palabras, sabiendo que he tenido que ahogarme con esa excusa mientras he vivido.

—¿Cómo podemos vivir así, sabiendo lo que hacen? ¿De qué son capaces?

—Recordamos por qué son como son. Y les damos el amor que necesitan, siempre y cuando nos lo devuelvan. —La miro a los ojos, al decir, cada palabra.

—Sé que necesitan amor. Necesitan desesperadamente ser amados. —Las lágrimas punzan en mis propios ojos mientras aparta la mirada de mí, pero veo por su expresión que sabe que es verdad. No hay nada en el mundo que pueda negar esa verdad.

Addison se limpia debajo de los ojos con las mangas de la camiseta del pijama. Está vestida para la cama, agotada y lidiando con el peso de amar a un hombre del mundo en el que crecí. Una parte de mí está celosa de ella, una parte muy pequeña, pero está ahí.

—Él te ama, Addie —le susurro, apretando su mano.

Ella aprieta la mía de vuelta y luego deja caer su mano a su lado.

—Lo sé, pero si lo acepto, no soy mejor que él. Y nunca estaré bien con lo que Carter te hizo. No me importa si tú lo estás.

—Carter y Daniel son hombres diferentes. —Mi respuesta es más dura de lo que quería e intento suavizarla agregando—: Y conozco la razón de Carter, Addie.

Intento decirle más, pero las palabras no salen. No puedo contarle lo que hizo mi padre y lo que Carter cree que escuchó. Si le dijera eso, lo siguiente que sería lógico decir sería que no fui yo a quien escuchó. La voz que escuchó que le dio la fuerza para seguir viviendo no me pertenecía.

Mi corazón se desploma dolorosamente en mi pecho al pensar en mi secreto, haciéndome sentir enferma una vez más.

—¿Cuándo te vas? —Pregunta Addie, cambiando de tema de nuevo y volviendo al mostrador para tomar una cuchara del cajón.

El metal tintinea contra la cerámica mientras ella remueve la sopa.

—¿Una reunión secreta en medio de la noche? —Ella trata de agregar un sentido de alegría a la reprimenda, pero no sale lo suficientemente fuerte.

Cuando le respondo, se lleva la cuchara a los labios, sopla la sopa y luego se la traga.

—No tan secreto, y volveré pronto.

—¿Debería preguntar de qué se trata?

No sé qué decirle, y recuerdo todas las veces que sentí curiosidad, pero demasiado miedo para preguntar. Ojalá alguien me hubiera quitado el miedo y me hubiera contado más sobre el mundo en el que vivía. Eso es lo que me impulsa a decirle—: Voy a encontrarme con un amigo con el que crecí y que es uno de los hombres de mi padre.

Su rostro palidece mientras mira hacia la puerta de la cocina. Tal vez ella espera encontrar a Eli allí, no lo sé, pero luego susurra—: ¿Deberías estar haciendo eso?

Sus ojos me suplican que sea sincera y por eso le respondo con sinceridad, poniendo una mano en su hombro y sin atreverme a apartar la mirada de la de ella mientras digo—: Debería haberlo hecho antes.

—¿Y si intenta llevarte de regreso? —La nota cruda de miedo en su voz significa más para mí de lo que podría decirle.

Niego con la cabeza. —Eli vendrá conmigo, y Carter lo sabe. No te dejaré, Addison. Lo prometo. No dejaría que eso sucediera.

—¿Entonces, ustedes dos...? —Ella no termina la pregunta.

—Estamos... hablando, pero todavía no estamos bien —respondo lentamente.

—¿Por qué ir entonces? —pregunta, y sé que entenderá mi razonamiento.

—Es mi amigo y va a morir o va a ayudar a matar al hombre que amo. —Las lágrimas rebosan, pero las reprimo. Es la dolorosa verdad y sé que tengo que cambiarla—. Si no hago algo, esos son los dos únicos resultados.

—¿Estás...? —Addie mira a cualquier parte menos a mí, hasta que reúne sus pensamientos y finalmente hace una pregunta cuya respuesta no sé

—. Cualquier cosa que le digas o le pidas... ¿te escuchará?

Cason aparece a la vista desde la misma puerta hacia la que estaba mirando.

—No lo sé —le respondo con una débil sonrisa, aunque miro a Cason. Algo suena fuerte dentro de mi pecho sabiendo que Nikolai siempre ha tratado de ocultarme cosas. Él cree que me protege, pero ahora sé que está equivocado.

La mirada de Addison sigue la mía y el tintineo de su cuchara contra el cuenco mientras coloca sus platos en el fregadero marca el final de nuestra discusión.

—Cuídate —me dice en voz baja mientras se va.

—Tú también —le digo y escucho el sonido de ella alejándose por el pasillo hacia los dormitorios mientras Cason entra en la cocina. Sus jeans están sucios, cubiertos de barro de las rodillas para abajo.

Él estaba haciendo algo... y solo puedo imaginar que involucró una pala y una tumba poco profunda.

—Escuché que podrías estar saliendo. —Cason comienza a hablar en el momento en que Addie sale de la cocina. Me pregunto si se detuvo en el pasillo, conteniendo la respiración y permaneciendo tan quieta como pudo para poder escuchar.

Lo he hecho más veces de las que puedo contar.

—Yo lo estoy. —Mi respuesta es difícil mientras miro a Cason a los ojos—. Ahora mismo, en realidad.

—¿Estás segura de que quieres hacer eso? —me cuestiona. El hombre es casi un pie más alto que yo, con hombros y brazos anchos que delatan que pasa demasiado tiempo en el gimnasio.

—Tú eres el operativo aquí. —Ignoro su pregunta y le hago la mía—. ¿No es así?

Inclina la cabeza, considerándome.

—Ustedes tienen cierto aspecto para verse rudos —le explico mientras camino por la cocina y me dirijo a la sala de estar. Es una casa moderna con un plano de planta de concepto abierto, por lo que no tiene problemas para verme mientras se cruza de brazos y se apoya contra la pared.

—La cicatriz en tu barbilla, los tatuajes en tus nudillos, probablemente donde también tienes cicatrices —le hablo mientras la visión de los hombres a los que mi padre se refirió como el músculo, invade mi memoria. Venían a la casa de vez en cuando, con grandes sobres llenos de dinero en efectivo que le dejaban. Por muy educados que fueran conmigo, sabía lo que hacían.

Le dieron una paliza a los hombres que no pagaban. Mi mirada se desplaza al barro en las espinillas de Cason… y enterraron a los hombres que no aprendieron la lección lo suficientemente rápido.

Poniéndome los zapatos, las bailarinas de cuero, miro a Cason y le pregunto—: ¿Tú también tienes cicatrices de balas?

Sus ojos todavía me están evaluando mientras el silencio se prolonga. Ni siquiera parece que esté respirando mientras me mantengo erguida y camino de regreso hacia él. Tiene un auricular negro mate en la oreja derecha y me pregunto si Carter está escuchando. Me pregunto si Carter le está pidiendo que me detenga porque no tiene las pelotas para hacerlo él mismo.

Harta de que Cason me obligue a hablar conmigo misma, le digo—: Está a tres cuadras y Eli me acompaña. Gracias por tu preocupación.

Mientras camino hacia la escalera, mirando el reloj de la estufa para asegurarme de que estoy a tiempo, Cason decide caminar frente a mí, su gran pecho se vuelve tan inflexible y firme como una pared de ladrillos.

—Te insto a que lo reconsideres —me dice con una voz que sale de lo profundo de su garganta. Elevándose sobre mí, es un hombre que crea miedo. Y se agita en mi sangre, advirtiéndome que retroceda y simplemente sobreviva al encuentro. Lo miro a los ojos y le digo con calma con un dejo de sonrisa y una mirada entrecerrada—: Mira, sabía que eras el que se ensucia las manos. —Por dentro, siento que estoy a punto de ahogarme con una bola de pánico que me aprieta la garganta.

Miro sus ojos oscuros, encontrándome con su mirada y negándome a retroceder. No en este segundo, ni en el siguiente. Nunca.

—Me voy —le digo con firmeza y fuerza que no siento en ningún otro lugar.

—Como desees. —Su respuesta va acompañada de una mirada de decepción. Apretando la mandíbula, vuelve a mirar la cocina.

Mi cuerpo se hunde y respiro cuando Cason me da la espalda para bajar las escaleras primero. La sensación de hundimiento que enfría cada centímetro de mi piel es algo que he sentido antes y lo odio. Siempre vendrá. Aquellos que son más grandes, más aterradores y tienen un aire de oscuridad a su alrededor siempre sacarán a relucir mi instinto de supervivencia para correr. Pero mueren como el resto de nosotros.

Solo miro a la espalda de Cason cuando lo escucho mientras se agarra la oreja. Puedo escuchar el bramido que proviene de él desde donde estoy.

—Aria —Cason comienza a hablar antes de que

se vuelva completamente hacia mí—. Por favor, perdóname por intentar intimidarte.

Se ahoga con sus palabras como si estuviera aterrorizado de equivocarse y la mirada en sus ojos no podría estar más lejos de la mirada que me puso la piel de gallina hace unos momentos.

—Te perdono —le respondo lentamente, cuestionando mi propia respuesta y queriendo saber qué diablos acaba de pasar. La pregunta persiste en mis palabras mientras llegan a su oído. O más bien, el auricular que todavía está lleno de los gritos de alguien al otro lado. Un Carter enfurecido, naturalmente. Mis labios amenazan con tirar de una sonrisa cuando escucho su voz, pero la contengo mientras Cason continúa.

—Tus decisiones son tuyas y no tengo absolutamente ningún derecho a interferir. Solo estoy aquí para protegerte.

Es como si estuviera pronunciando un juramento. Su mirada está genuinamente llena de remordimiento y me pregunto qué piensa realmente de mí. No he pensado en eso hasta este momento.

—Nunca te volveré a dar la espalda —me dice con ambas manos juntas frente a él en tono de disculpa. Incluso baja un poco la cabeza, encorvando los hombros para encontrar mi mirada al nivel de los ojos—. ¿Quieres que te lleve con Eli?

—No hay necesidad. —La voz de Eli me sobresalta y me da vergüenza saltar hacia atrás. La sonrisa de Eli es perversa como si estuviera orgulloso de tenerme. Con mi mano en mi pecho y mi espalda contra la pared, me pasa una chaqueta vaquera blanca.

—Me asustaste —le digo en el mismo aliento que exhalo. Mi corazón todavía se siente como si estuviera a punto de saltar fuera de mi pecho.

—Lo sé —dice, sonriendo como un gato de Cheshire antes de retomar su postura dominante normal.

—Carter quería que te diera esto, en caso de que lo necesites —me dice, y se lo arrebato. Coincide con mi atuendo, lo que me gusta y no me gusta en esta situación. Quiero preguntar dónde están las cámaras. Quiero interrogar a ambos hombres y exigir que me digan todo lo que Carter les dice, pero no quiero revelar lo poco que sé. No a ellos.

—Gilipollas —murmuro mientras me enderezo y calmo mi respiración. Cason deja escapar un bufido de risa y la tensión entre los tres se alivia un poco. Pero solo por un momento.

—Lo siento, Aria —me dice Cason mientras me pongo la chaqueta sobre el antebrazo—. Tengo opiniones fuertes y sé que necesito guardarlas para mí y lo siento.

Divaga levemente, pero su tono es genuino y sus ojos verdes brillan con remordimiento.

—Lo entiendo —le digo—. Sé lo que significa la guerra y lo que esto significa.

Lo miro a los ojos mientras respondo y ninguno de nosotros vacila, no hasta que Eli habla.

—¿Estás lista para encontrarte con el enemigo? — Eli me pregunta, y no puedo mirar a ninguno de ellos cuando respondo—: Ya lo he hecho.

Por el rabillo del ojo, veo que la sonrisa se desvanece en su rostro, pero Eli me empuja con el hombro antes de caminar al frente.

—Sé inteligente, Aria —advierte Cason mientras mis pequeños pasos resuenan en el vestíbulo. Mi pulso acelerado aumenta aún más y tengo que caminar un poco más rápido para seguir el ritmo de Eli.

No se sentía real hasta ahora.

Los grillos salieron esta noche y el cielo está iluminado con tantas estrellas. Más estrellas de las que he visto en Fallbrook.

—¿Cuánto tiempo hasta que estemos allí? —le pregunto a Eli, respirando el aire fresco de la fresca noche de verano e ignorando la agitación en la boca de mi estómago. La ansiedad adormece mis manos y las aprieto y aflojo antes de decidir encogerme de hombros en la chaqueta y deslizar mis manos en mis bolsillos.

Echando un vistazo a mi izquierda y derecha, esta calle no es más que casas. Apenas recuerdo eso del viaje en coche. La siguiente calle es donde las casas están agrupadas más juntas y hay algo en la esquina, una iglesia o una licorería, tal vez ambas. No lo recuerdo.

—No mucho, ya está esperando —me dice Eli, pero la alegría, la facilidad de la escalera están casi olvidados.

Me mira mientras yo mantengo mi ritmo constante con el suyo, dando zancadas más a menudo ya que él es más alto que yo. El sonido de un automóvil conduciendo por la siguiente calle lo hace detenerse y extiende su brazo, impidiéndome salir a la calle y empujándome más cerca de la cerca de ladrillo de la casa a mi izquierda. Pasa un momento y el sonido del carro disminuye. Las voces del mismo auricular que llevaba Cason me hacen mirar fijamente a Eli. No puedo escuchar lo que están diciendo, pero sé que está recibiendo información sobre algo.

El miedo y el pánico se mezclan, haciendo que mis piernas se sientan débiles. Eli mira hacia la casa, hacia el segundo piso y espera, luego un sonido llega a su oído y asiente.

El asentimiento no es para mí y mientras Eli me mira y sonríe cortésmente, ambos lo sabemos.

—Está despejado, señorita... —Se detiene, se aclara la garganta y luego dice—: Aria.

El terror sigue ahí, haciendo que se me pongan las manos húmedas y se me apriete la garganta.

—Esperaba que no hicieras esto —me dice Eli y continúa mirando al frente incluso mientras lo miro, deseando que me mire a los ojos.

Como él no me mira, yo también miro al frente.

—Si pensaste que me quedaría calmada y dejaría que esto sucediera sin intentar detenerlo, estás equivocado.

—No hay forma de detener esto.

—Me quedé al margen antes y no hice nada mientras veía morir a la familia —hablo en voz baja y trago el nudo que se forma en mi garganta al pensar en mi madre. Después de tomarme un momento para recomponerme, le digo a Eli con firmeza—: No lo volveré a hacer.

CARTER

Odio estar en esta oficina mirando cámaras y esperando. No extraño la emoción de estar en las calles, pero odio no estar al lado de los hombres que están arriesgando sus vidas por mí en este momento. Sin el primer movimiento realizado de este lado, no se puede confiar en las filtraciones y la información.

Estoy esperando. La adrenalina compite dentro de mí con el odio y la rabia reprimida. Y aquí me siento. Esperando.

—Carter. —La voz de Jace llega a través de la puerta cerrada. No me he ido desde que Daniel la cerró de golpe antes y es solo ahora que recuerdo nuestra pelea. Mis hermanos entran y salen de mi oficina, estoy acostumbrado a que vayan y vengan. Y aparentemente olvidando conversaciones pasadas para manejar negocios.

—Entra —le llamo, e instantáneamente se abre la puerta.

—El Cuarto Rojo, el escondite en la trastienda se ha ido, y el cabrón que entró anoche para tomarlo fue encontrado boca abajo en el río esta mañana. — Las palabras de Jace salen como un asalto mientras camina hacia la silla frente a mí, agarrándose por el respaldo y mirándome, esperando respuestas.

Todo el día, esto es lo que hago. Aceptar información y mover piezas de ajedrez. Así es como se construyen los verdaderos imperios. El derramamiento de sangre es casi la conquista de un caballero. Algún pobre tonto muere, por lo que los hombres con poder hacen un movimiento simple, sabiendo que vendrán más y que queda más juego por jugar.

—¿La policía tiene alguna idea de quién lo hizo? —le pregunto, llevándome el pulgar a la barbilla y pasando la almohadilla por la barba de allí. Necesito afeitarme. Jace y yo somos más parecidos de lo que me gustaría admitir. El ir y venir del movimiento me mantiene concentrado en Jase y esta tormenta de mierda.

Jace habla rápidamente, dándome todos los detalles de su conversación con el oficial Harold. No hay pistas sobre un sospechoso, no hay rastro de él en ninguna cámara de la ciudad una vez que abandona las afueras de la ciudad y se dirige al bosque en las afueras de Jersey. Sin embargo, horas después lo encontraron muerto en el río junto a su casa.

—No cuadra —le respondo a Jace, encontrándome con su mirada mientras él se baja a la silla frente a la mía en el otro lado de mi escritorio. Su pulgar golpea el apoyabrazos mientras asiente.

—Alguien nos está jodiendo. Haciéndonos saber que puede robarnos, matar en nuestro territorio y que puede salirse con la suya.

—Marcus —digo el nombre sin pensar—. Es el único hombre que ha podido salirse con la suya.

—Y solo porque es un maldito fantasma sin rostro. —Toma un respiro para calmarse antes de agregar—: Solo una mirada a una cinta y tenemos su trasero.

—¿Cuántas décadas se ha salido con la suya? ¿Algún territorio, alguna cabeza que quiera cortar?

—¿Por qué joder con nosotros? ¿Porque nosotros? —Se inclina hacia adelante, dejando que la ira se refleje en su voz y en su postura.

—Daniel se volvió contra él primero, culpándolo

por lo que le sucedió a Addison sin pruebas. —En lugar de entregarme a la rabia de que nos roben un producto y me arrebaten la oportunidad de justicia, lo considero todo con lógica. Así es como debe manejarse. Con nada más que un control despiadado.

—No sé... si él tendió una trampa para Addison... —Los pensamientos de Jase quedan inconclusos, pero sé lo que está pensando. Si Marcus está detrás de nosotros, es solo cuestión de tiempo antes de que descubramos lo que realmente quiere.

Y si fue tras Addison, no se detendrá hasta tenerla.

—¿Las cámaras y los hombres tienen la casa de seguridad bajo vigilancia todo el tiempo? —cuestiono a Jase, aunque es más un recordatorio para mí. Él asiente con su pulgar rozando su labio.

—Sí, no hay forma de que entre sin que nosotros lo sepamos.

—¿Y quién sabe? —le pregunto mientras las piezas caen una a una en el rompecabezas de cómo manejar esto.

—¿Quién sabe qué? —pide aclarar, levantando una ceja.

—¿Quién sabe que alguien nos robó y luego apareció muerto?

—Jared y dos de sus hombres. Los hombres de nuestro bolsillo en la estación quieren saber qué hacer; no han preguntado directamente, pero creen que fue nuestro ataque en el cabrón.

—Bien. —Mi rápida respuesta con voz endurecida sorprende a mi hermano. Ya debería saberlo mejor—. Dile a Jared que yo manejé al capullo que entró. Dile a la policía que estamos agradecidos por su cooperación y págales.

Los ojos de Jase se abren de par en par y una mirada de indignación está ahí solo por un momento. Pero tan pronto como llega, desaparece.

—¿Entonces, nadie piensa que no tenemos esto bajo control? —él conjetura.

—Exactamente.

—Pero no lo hacemos.

—Se trata de percepción, Jase. Un momento de lo que podría parecer debilidad y nuestros aliados se convierten en enemigos. Los hombres que tenemos bajo nuestro pulgar creen que pueden liberarse y tomar una oportunidad contra nosotros.

—¿Qué hago para averiguar quién hizo esta mierda?

—Pon a Declan en ello. Necesita revisar las imágenes del sistema de seguridad del hogar alrededor del río, comenzando en la casa del maldito muerto.

Mientras Jase asiente, se acomoda en la silla. Nadie nos roba ni nos jode. Incluso Marcus no se atrevería. Nunca pensé que fuera él cuando se trataba de Addison. A Daniel se le ocurrió esa mierda él mismo porque no tenía a nadie más a quien culpar.

—Le avisaré a Declan —me dice, todavía asintiendo con la cabeza.

—No vas a decirme una cosa y luego darte la vuelta y decirles a nuestros hombres otra cosa, ¿verdad? —Dejo que las palabras se me escapen con mi decepción y un rastro de animosidad evidente en mi tono.

—No hagas esa mierda —muerde en respuesta, sacudiendo la cabeza—. Dime que no hice lo correcto y me disculparé.

El gran reloj hace tictac de forma constante en el fondo mientras mi agarre se aprieta en el reposabrazos y un tic en la mandíbula me produce espasmos.

—Tú estabas… en un estado en el que creo que estarías de acuerdo en que yo tenía que intervenir. —Levanta las manos rápidamente mientras mi mirada se estrecha y la temperatura de mi sangre aumenta—. Fue una noche difícil y nunca habría intervenido si lo que sucedió no fuera exactamente como sucedió.

Mis uñas desafiladas se clavan en los reposa-brazos de cuero mientras trato de contener mi ira, incluso cuando mi hermano se sienta allí como si solo estuviéramos teniendo una conversación informal como si no fuera una amenaza para mí.

—No lo volveré a hacer —me dice fácilmente, y luego se aclara la garganta—. No quería…

Se apaga y mira hacia la izquierda, hacia la caja que todavía está en el suelo y fuera de lugar.

—Es que yo —me mira de nuevo y puedo leer la sinceridad en su rostro—, no quería que ella te odiara.

Le toma un momento contener la incertidumbre y el dolor en su expresión. Con cada segundo, cada tic-tac del reloj, la verdad de lo que dice hace desaparecer el resentimiento que siento por lo que hizo.

—Te has enojado conmigo antes; sé que lo supe-rarás. Esta no es la primera vez que cruzo la línea y no será la última. Pero te quiero, mi hermano y mi amigo, y no quería que ella te odiara. Sé que la amas.

No había visto a Jase así en años. No desde el último funeral al que fue. Y en el momento en que termina su confesión, comienza una nueva conversación, sin darme la oportunidad de responder.

—No vine aquí para molestarte con esta mierda.

Mi garganta está seca, y busco detrás de mí por dos vasos y whisky antes de preguntarle—: ¿Con qué mierda viniste a molestarme entonces?

—Sobre la reunión de Aria con Nikolai.

—Sé que decidió ir. Hablé con Eli cuando se fueron.

—¿Ella ya se fue? —pregunta, sacudiendo la cabeza—. ¿Qué le va a decir?

—No importa —digo para poner fin a su mierda—. La dejé ir. Ella quería ir con él.

Bebo el whisky en mi vaso antes de servirme más y luego verter tres dedos en su vaso y ofrecérselo.

Lo toma, pero no bebe.

—¿Cuántos hombres trajo? —me pregunta.

—Está solo —le digo, y deja que una sonrisa se extienda en su rostro en respuesta.

—Puede que sea joven, pero incluso yo no soy tan estúpido.

—Sé por qué lo hizo. —Aunque me doy cuenta de que estoy hablando con Jase, hablo distraídamente, sabiendo por qué Nikolai vino solo y qué negoció solo para que ella obtuviera la nota—. Está desesperado.

—Tiene un deseo de morir —dice Jase, y muevo mi atención de él a la pantalla.

—Le dije a Eli que la dejara tomar la decisión. Si ella quiere ir con él, dejarla… y ella lo hizo.

—Sería fácil simplemente cerrar la puerta con llave y viniendo de mí… —Jase niega con la cabeza y toma el primer sorbo de su whisky.

—Quiero ver qué hará ella. —Cada gramo de mí quiere controlarla. Para exigirle que se comporte exactamente como yo quiero. Incluso cuando miré el monitor hace media hora en la computadora, mirándola mientras tomaba una blusa de seda que le compré, con la intención de usarla para él, la necesidad de llegar a ella más rápido de lo que podía entrar en esa habitación se aceleró a través de mi mente. Para mantenerla allí si no podía convencerla de lo contrario.

—¿Estás seguro de que estás seguro? —Jase me vuelve a cuestionar. Debería sentirme enojado porque se está convirtiendo en un hábito para él el cuestionarme, pero sé que está pensando lo que yo estoy pensando, que ella lo elegirá de nuevo.

Con un golpe doloroso en el pecho que adormece mi cuerpo, le respondo—: Sí. Ella ya está allí, esperando.

—¿Esperando a qué?

—Que le diga a Eli que la deje entrar.

—¿No vas a estar allí? —me interroga con una mirada de total incredulidad.

Poniendo mis palmas sobre el escritorio e inclinándome hacia adelante para que pueda entender exactamente por qué no estoy allí, le pregunto—: ¿Crees que sería útil que él estuviera en mi presencia ahora mismo?

Mi mandíbula se endurece y no puedo evitarlo cuando le digo—: Esto es para ella. —Me duele mucho admitir—: Ella no me querría allí.

Él niega con la cabeza y yo me encojo de hombros.

Le digo a Jase—: Ella no está en peligro. Lo único que podría pasar es si ella…

—Si ella lo elige y trata de huir. —Jase termina mis pensamientos y asiento una vez, devolviendo mi atención a los monitores. Parece que Jase está contemplando qué decir a continuación, así que permanezco en silencio.

—¿Eli lo matará si lo intenta? —Asiento de nuevo a su pregunta y tomo de un trago mi segundo vaso de whisky.

—Sólo tengo que darle a Eli el visto bueno para dejarla entrar —le admito mientras miro la pantalla sabiendo que le estoy dando lo que ella quiere, pero sin saber cómo nos afectará y no puedo soportarlo.

En el momento en que él la toque, veré la reacción de ella.

Nunca la perdonaré si lo elige a él por encima de mí.

ARIA

Recuerdo la primera vez que vi a Nikolai. Éramos unos niños, su padre trabajó para mi padre hasta que lo mataron.

La funeraria siempre tenía las flores más bonitas, y eso es lo que yo miraba cada vez que íbamos allí, todas las flores. Pero ese día, me puse a observar al niño que estaba junto al ataúd.

Nunca me gustó mirar a la gente de allí. Siempre lloraban y me daban ganas de llorar, pero no me lo permitían. Éramos Talverys y no se nos permitía llorar, por mucho que quisiera hacerlo.

El niño estaba llorando. Era más alto que yo y vestía un traje negro que no le quedaba bien, porque era demasiado largo para él. Tenía los tobillos desnudos, aunque sus zapatos negros eran nuevos.

Se veía tan enojado mientras miraba el ataúd, secándose las lágrimas como si no fueran más que una molestia.

Nunca quise hablar con nadie, no como lo hacían mi madre y mi padre. Nunca quise dar un abrazo a nadie ni siquiera estar cerca de ellos. Especialmente, a los que sonreían y reían en los funerales. No lo entendía y me enojaba ver a la gente reír cuando se suponía que debían estar de luto. No supe hasta años después que todos lloramos de manera diferente. Aparentemente, mi mecanismo de afrontamiento es la soledad.

Y la de Nikolai es la ira.

Recuerdo lo indecisa que estaba al tocar su hombro y preguntarle—: ¿Estás bien?

Fue la primera persona con la que hablé en los muchos funerales a los que había asistido hasta ese momento. Cuando me miró por encima del hombro para responderme, tenía una mirada de pura rabia, tal vez incluso disgusto, pero luego me vio y su mirada se suavizó. No solo suavizó su mirada si no que su expresión se arrugó. El niño me mostró su alma y vi el dolor y la soledad. Él no habló; sólo negó con la cabeza. Pero luego intenté abrazarlo y él me dejó.

Mi padre lo contrató para hacer colectas, aunque

él solo tenía catorce años. Dijo que el chico necesitaba una distracción y yo estaba feliz de poder verlo todas las semanas.

Y luego murió mi madre. Y sentí el dolor, la soledad que me rogaba esconderme y aislarme. Pero Nikolai se negó a dejarme estar sola. Me prometió que se quedaría conmigo. Él fue la primera persona que dijo que estaba bien llorar y me abrazó mientras yo lo hacía.

Desde ese día fuimos inseparables.

Él era mi único amigo, la única persona en la que confié en este mundo además de mi madre.

La puerta de la habitación trasera de una tienda de dulces tres cuadras al norte de la casa de seguridad es todo lo que se interpone entre Nikolai y yo. Mis dedos siguen pellizcando y retorciendo los puños de la chaqueta de mezclilla. En el fondo de mí, el miedo de que hayan lastimado a Nikolai es muy real. Es probable que esté esposado a una silla y al borde de la muerte. Lo he visto antes. Tantas veces.

—Él está bien, ¿verdad? —pregunto en voz baja, sin ocultar mi miedo mientras miro a Eli. Me considera durante un largo momento antes de asentir con la cabeza y cada fracción de segundo que pasa aumenta mi ansiedad.

—Gracias —le susurro mi gratitud, aunque no

estoy segura de creerle del todo y miro hacia la puerta con los hombros cuadrados como si se abriera en cualquier segundo.

—Puedes entrar ahora —me dice Eli desde atrás y alcanzo el pomo, pero él me detiene, me agarra del antebrazo y me dice—: Déjame.

Asintiendo, espero con la respiración contenida a que se abra la puerta. Tiene bisagras oxidadas y chirrían con el movimiento de la pesada puerta que se abre.

—Aria —Nik susurra mi nombre antes de que yo lo vea, y su voz se ahoga por el sonido de las patas de las sillas de metal raspando el piso de concreto mientras se aleja de una pequeña mesa de juego en el centro de la habitación desierta. Apenas consciente de que Eli está mirando y de que hay otros dos hombres en la habitación también mirando, corro hacia él, lo encuentro a mitad de camino y me aferro a él.

No me importa en este momento. Todos pueden mirar y juzgar.

Todo lo que puedo ver mientras lo sostengo es el arma tocando la parte posterior de su cabeza y no puedo sacarla de mi mente. Enterrando mi cara en su duro pecho, siento tanto alivio, un alivio injustificado, pero está ahí.

Nikolai me abraza aún más fuerte. Como si creyera que al soltarme, me iría para siempre.

Aspiro una respiración profunda y tranquilizadora mientras él susurra—: Gracias a Dios.

—Nik —apenas respiro su nombre mientras trato de mantener la compostura—. Nik.

Sigo diciendo su nombre, pero no puedo evitarlo. *Él está bien*, me digo una y otra vez mientras se aparta un poco para mirarme antes de abrazarme contra su pecho.

—Te he echado mucho de menos —susurra contra mi cabello, y puedo sentir su cálido aliento hasta mi hombro.

—¿Cómo me encontraste? —le pregunto y me aparto para mirarlo. La vista de su rostro destroza mi compostura. Los leves moretones y el labio partido son evidencias de hace días.

Entonces me suelta, mirando entre Eli y yo y luego a la mesa.

—¿Siéntate conmigo? —pregunta como si hubiera alguna posibilidad de que se lo negara, y es la primera vez que puedo sonreír. Es una sonrisa triste, del tipo que viene con un dolor que todos los demás pueden sentir.

—Por supuesto —apenas puedo pronunciar las palabras y tengo que aclararme la garganta. Me peino el cabello hacia atrás y respiro profundamente para estabilizarme, le digo—: Estoy tan feliz de verte.

Mis siguientes palabras salen apresuradas.

—Estoy feliz de que estés bien.

—Yo también —responde, pero su voz está envuelta en tristeza y no deja de mirar cada centímetro de mí—. ¿Estás bien?

Luego se inclina sobre la mesa para tomar mi mano. La suya es grande y cálida, eclipsa fácilmente mi mano. Manos que han sostenido las mías desde que tengo uso de razón.

Asiento, tragando el nudo en mi garganta y sin querer contarle a él ni a nadie más todo lo que ha sucedido.

—¿Cómo me encontraste? —Repito mi pregunta e intento recordar todo lo que quiero decirle.

—Hice lo que tenía que hacer. —Su respuesta es corta, pero no deja de frotar círculos relajantes en la palma de mi mano. Me consuela como él nunca lo sabrá. Ha hecho lo mismo toda mi vida. Cada tragedia, cada dolor de corazón. Es algo tan simple, pero con ese toque suave, puedo respirar, sintiendo como si todo estuviera bien, incluso cuando sé que no.

—¿Mi padre lo sabe?

—Sí, él… —La voz de Nik se vuelve más tensa mientras se traga todo lo que iba a decir—. Él sabe.

—¿Qué es? —le pregunto, y no escondo la urgencia en mi voz cuando exijo—: Cuéntame todo.

—Tenemos los ojos puestos en Carter. Y yo sé…

Lucha por mantener la cara seria, su entereza le falla.

—Sé lo que te hizo —dice Nik con náuseas al final de las palabras—. Lo siento mucho, Aria.

Se derrumba frente a mí, tapándose los ojos por un momento y disculpándose una y otra vez.

—Detente. —Mi orden sale más dura de lo que planeo y casi le arranco la mano. No seré un caso de caridad por simpatía.

—Te juro que lo mataré. —Su expresión se endurece y su mirada se vuelve implacable—. Le haré pagar por lo que te hizo.

Por el rabillo del ojo puedo ver a Eli desplazar su peso de un pie al otro y mi pulso se acelera, golpeando mis sienes, la adrenalina bombeando más y más fuerte.

—No, no lo harás —le digo en voz baja, agarrando su mano con las mías.

Espero que pueda leer el mensaje en mis ojos diciéndole que se calle la boca. Nik es impulsivo e imprudente, pero no puede ser tan estúpido como para decir ese tipo de cosas en este momento.

—Basta —le advierto.

—¿Después de lo que te hizo? —me pregunta, su ceño fruncido y su frente arrugada.

—No sabes lo que él hizo. —Es todo lo que puedo decirle, queriendo negar cualquiera de las acusaciones que podría lanzarme, incluso si son ciertas.

Sé que mi expresión es una mezcla de preocupación y tristeza, pero no puedo evitarlo. No puedo controlar las emociones en mi rostro. No con Nikolai.

—Sé lo suficiente. Lo voy a matar por eso —repite Nik su amenaza, la ira viene con toda su fuerza y me siento mareada por la indignación.

—Nunca te perdonaré —susurro las palabras, sintiendo el dolor sentarse contra mi caja torácica, grabar en mi hueso y devorar cualquier alma que me quede.

—¿Qué sucede contigo? —Nik levanta la voz con incredulidad y se aleja de mí, sus manos empujan contra el borde de la endeble mesa y la acercan a mí. Respira con dificultad mientras su compostura se desmorona—. ¡Él pagará por lo que hizo!

—No vine aquí para hablar de eso —digo y lucho por mirar a Nik a los ojos. Tardíamente, recuerdo lo que Carter me dijo sobre los hombres de Carlisle y lo que había planeado decir.

—Somos familia —me recuerda Nik, su tono

miserable, su mirada cubriendo cada centímetro de mi rostro y no se mantiene estable en lo más mínimo.

El control se le escapa como agua entre los dedos.

—¡Yo te protegeré! —declara, y aprovecho este momento para tomar el control de la conversación.

—Entonces mueve a los hombres sobre Carlisle —le digo rápidamente, mirándolo a los ojos, aunque mis palabras se tropiezan entre sí. Moviendo mis manos a mi regazo, resisto el impulso de inquietarme y enderezar mi espalda—. La guerra es entre mi padre y Romano. Romano es el que me tomó.

La expresión de Nik es de dolor cuando dice—: Esto no es una negociación, Aria.

Mira a Eli, pero solo por un momento antes de ceder y revelar los planes que mi padre ha puesto en marcha. Apenas considera retener la información y algo no se siente bien al respecto.

—Los hombres en el territorio de Romano son señuelos. Los está dejando morir y se está preparando para arrasar el territorio de Cross.

Pongo mi labio inferior entre los dientes y lucho por respirar, pero de alguna manera me las arreglo para decirle—: Cambia de opinión.

—No después de lo que Cross te hizo.

Ojalá él pudiera entender. Ojalá se sintiera como

yo. No puedo fallar. No viviré para ver a los hombres que amo matarse entre sí. ¡No lo haré, joder!

—Entonces crea una razón. Haz que Mika suba a... a... —Estoy en blanco en el nombre de la calle que divide los territorios. Los he escuchado a todos tantas veces antes, pero rara vez salía de casa. Cuando lo hice, nunca me alejé mucho, por lo que los nombres de las calles no significan nada para mí.

Dirigiendo mi mirada hacia Eli, levanto la voz y digo—: ¡Ayúdame!

Lo miro como si me estuviera fallando porque él lo está. Todos me están fallando, y esta es una causa perdida.

—La calle donde el territorio Romano se encuentra con el territorio Talvery.

—Bedford. —Me responde Eli de inmediato. Él no está conmovido en lo más mínimo y recobro la compostura, apartándome el pelo de la cara y mirando la mesa de acero hasta que puedo hablar con calma.

—Bedford, muévelos a Bedford —le suplico a Nik, manteniendo la cadencia de mi voz suave y uniforme—. Por favor.

Sigo suplicando, desesperada por que él entienda.

—¿Crees que eso detendrá esta guerra entre

Talvery y Cross? —él me pregunta con aire de burla
—. Los hombres con los que estás tratando no son
hombres que tengan piedad, Aria.

Nikolai me habla como si no los conociera y eso
me cabrea.

Sé de primera mano lo crueles que son.

—No estoy pidiendo piedad, Nik. Te estoy
pidiendo que tengas sentido común. —Prácticamente escupo las últimas palabras. Me recuesto en la
silla, manteniendo una muñeca en equilibrio sobre el
borde de la mesa—. Si mueren, es porque fallaste.

—¿Fallé en qué? —me pregunta—. ¿En hacerme
cargo de un ejército que no controlo?

—Nosotros tenemos el control. Es fácil tomar el
control —digo las palabras que mi padre me dijo una
vez. Dijo que tenía que ser más dura, que necesitaba
ejercer mi nombre y mi autoridad. Nunca imaginé
que seguiría su consejo.

—Envía a Mika a Bedford; él está en la cima de la
cadena como tú. Nadie se sorprendería si muere allí,
así que asegúrate de que lo haga, Nikolai— endurezco mi voz, recordando mi odio absoluto por
Mika y toda la mierda malvada que ha hecho—.
Sabes que se merece mucho menos que una muerte
honorable. Llévalo allí con un pretexto falso, pégale
un tiro en la nuca y acaba con él.

Estoy casi conmocionada por el veneno en mi tono, por lo meticulosamente que estoy planeando un asesinato e interfiriendo con la guerra.

—Dile a mi padre que fue Romano y que tienes que tomar represalias. Hazlo esta noche.

—Mika está muerto. —Se necesita un momento para comprender lo que dijo Nikolai antes de agregar—: Tu padre lo mató.

Un cóctel de incredulidad y angustia se mezcla en mi sangre.

—¿Qué? ¿Qué pasó? —Mis preguntas me dejan en un solo suspiro, uno silencioso porque tengo demasiado miedo de hablar más alto. Como si al hacerlo cambiara la verdad de lo sucedido.

Nikolai mira a Eli antes de inclinarse hacia adelante y hablar en voz baja.

—Tu padre pensó que te habías escapado o que estabas muerta. Revisó las cintas y Mika fue la última persona que habló contigo.

Con una respiración profunda, sus ojos se desvían de mí a Eli nuevamente antes de volver su atención a mí.

—Le preguntó a Mika por qué estaba él allí y qué dijo que te molestó tanto.

—¿Y? —le pregunto, mi voz no es tan baja como

la de Nik, pero no importa. Sé que Eli puede oír. Sé que todos pueden oír.

—Mika no respondió lo suficientemente rápido. Tu padre le disparó en la cabeza delante de todos.

—Oh, Dios mío. —Mi corazón bombea la sangre por mis venas a toda velocidad mientras imagino la escena y me preocupo por lo que mi padre está pensando y todo lo que ha pasado.

—No perderé el sueño por Mika, pero tu padre lo está perdiendo, Aria.

Mi pecho se siente como si estuviera colapsando, y lucho por controlar cada parte de la ira que he tenido hacia mi padre desde que estoy aquí.

—No vino por mí. —Apenas puedo pronunciar las palabras.

—Tan pronto como descubrió dónde estabas, lo hizo. Lo hicimos.

Pasa un momento y luego otro. He tenido tanto dolor e ira dentro de mí al pensar que a mi padre yo no le importaba. Mierda. Ojalá supiera más. Estoy perdiendo este juego. Cada peón que creo que puedo capturar ya ha sido tomado antes de hacer mi primer movimiento.

—No moverá a esos hombres ni se detendrá contra Cross, Aria. Él quiere justicia. —Agrega con firmeza y una convicción que hace que un escalofrío recorra mi espalda—: Todos lo hacemos.

—Esto no es justicia. Es una muerte sin sentido. —Miro a Nik a los ojos, deseando que me comprenda.

—Mereces justicia, Aria.

—Estoy bien, Nikolai. Carter no me hizo nada que yo no quisiera.

La incredulidad estropea sus hermosos rasgos.

—No estás pensando bien —dice y lentamente una mirada de simpatía reemplaza cualquier indicio de ira—. Aria, por favor ven conmigo.

—No puedo permitir que eso suceda. —Eli se apresura a acercarse a nosotros, y yo soy igualmente rápida para empujar mi mano contra su estómago y decirle que retroceda. Eli observa mi expresión antes de asentir con la cabeza y volver a su lugar. No sé lo que vio en mi cara en ese momento, pero nunca sabrá cuánto lo necesitaba para ponerse de mi lado.

—No me voy a ir, Nik, y necesitas encontrar una manera de mover a los hombres. Encuentra una manera —le imploro, pero ni una palabra le llega.

—No dejaré que te quedes aquí —dice Nikolai y luego pone ambos puños sobre la mesa, respirando más pesadamente y mirando a Eli.

—No te dejaré hacer esto; no dejaré que elijas quedarte con un hombre que te lastimó.

—Es mi elección. —No defiendo lo que ha hecho Carter.

Pero siempre me defenderé a mí misma y a mi capacidad de controlar mi destino, ahora y hasta el día de mi muerte.

—*Finalmente* tengo una opción —le digo con voz endurecida, viendo a mi amigo por primera vez como mi enemigo.

—¿Así es como lo llamas? —él me cuestiona.

—Puedo esconderme. Puedo correr. O puedo saber que tengo enemigos y estar preparada para lo que me harán —le digo mirándolo a los ojos y sin retroceder. Mis hombros tiemblan por la pura adrenalina y apenas puedo contenerme—. No quiero que seas un enemigo.

—Aria —él susurra mi nombre con agonía—. Nunca seré tu enemigo.

—Entonces entiende que no lo dejaré. —Me cuestiono si decirle toda la verdad mientras me mira a los ojos. No quiero saber qué piensa de él, pero necesito que lo sepa—. Lo amo, Nikolai.

—Estás enferma —él me dice sin nada más que tristeza en su mirada rota—. No te dejaré ir así.

Su voz me ruega que lo entienda, pero sé que no

hay forma de razonar con él. Así como no tengo ningún razonamiento.

—Tal vez estoy enferma —juego con él y en algún lugar profundo de mi alma, incluso estoy de acuerdo—. ¿Pero no estuve enferma todo el tiempo? Escondiéndome en mi habitación y asustada de todo.

La actitud defensiva en mi voz no es nada comparada con la ira que siento al recordar lo patética que solía ser mi vida. La vida podría ser una palabra demasiado amable para describir lo que tenía antes de que Carter me llevara.

—Por eso traté de salvarte —me dice Nik y toma mi mano, pero me aparto. Sus dedos rozando los míos se sienten como un fuego que arde hasta el hueso.

Las cuerdas de su garganta se tensan mientras ve crecer el espacio entre nosotros y confiesa—: Quería que fueras libre. Mereces vivir una vida mejor que esta.

Sus palabras resuenan en mis oídos y resuenan una y otra vez. Llena el vacío en las grietas de mi pecho. *¿Él intentó salvarme?*

—¿Tu qué? —Respiro la pregunta.

Todo se ralentiza cuando responde, con una mirada de vergüenza en su rostro.

—Esto —señala con las manos—, todo esto es culpa mía.

Lucha por mirarme a los ojos cuando me dice—: Sabía que pensarías que era Mika. Quería que salieras, para que pudieras correr, pero Cross me mintió.

Mi corazón late a cámara lenta. Tan lentamente, el mundo se inclina sobre su eje y me siento mareada. Tengo que agarrarme de la mesa para mantenerme erguida.

—Él dijo que te sacaría. Me prometió que te salvaría. ¡Me mintió, y yo le creí! —Él contiene su resentimiento cuando no respondo, y se inclina hacia adelante suplicándome que lo entienda—: Todo lo que siempre quise fue que te liberaras de esto. No dejaré que esto te arruine. Te mereces algo mucho mejor que esto.

No puedo hablar. No puedo moverme. Ni siquiera puedo respirar mientras me agarro a la mesa para mantenerme erguido.

—¿Aria? —Eli grita mi nombre, pero no lo miro. No miro a Nikolai cuando me ruega que lo perdone. Todo lo que puedo hacer es mirar fijamente un rasguño en la mesa de juego de acero y tratar de aferrarme a mi cordura.

—Eras mi amigo —susurro mientras las lágrimas pinchan mis ojos. Todo esto pasó por él. Por la única persona que tuve en la vida. La única persona en la que pensé que podía confiar plenamente.

—Te amo, Aria, y necesitas huir. —La palabra huir hace que mis labios se contraigan. Huir. Eso es lo poco que piensa en mí. Para él, soy simplemente una chica asustada que necesita ser salvada. Una chica que debería huir, no una digna de quedarse y luchar.

Dejando que mi mirada encuentre la suya, miro en sus suaves ojos azules y susurro—: Ya no sabes quién soy.

—Eres inocente en esto. Eres demasiado inocente para esta vida.

—Nada en mí es inocente, Nikolai. Es solo lo que todos ustedes *piensan* de mí.

—Sabes que no es... —Nik intenta dar marcha atrás, pero lo interrumpo. Estoy cansada de ser la chica asustada. Me niego a ser vista como tal.

—Nunca supe que tenía una opción hasta que me la quitaron. No dejaré que nadie me la arrebate de nuevo.

—Puedo arreglar esto, Aria —Nik alcanza mi mano de nuevo, dejando su palma sobre la mesa. Y la acepto de buena gana porque todavía lo quiero, incluso si ha tomado todas las decisiones equivocadas y no lo ve. Todavía lo quiero. Puede que no sepa cómo he cambiado, pero el chico dentro de él es el mismo. Mi amigo me devuelve la mirada. Eso lo sé.

Froto suaves caricias en el dorso de su mano mientras lo miro a los ojos, dejando ir mi ira y sabiendo que nunca estará de acuerdo conmigo. Mi voz es ronca mientras susurro—: Estoy bien, Nikolai.

—Eso es mentira, puedo verte claramente, Aria. Siempre lo he hecho. —Su voz me ruega que lo escuche, y lo estoy, simplemente no estoy de acuerdo.

—Desearía ser un hombre mejor, para poder salvarte. Lo intenté —me dice a pesar de que mira más allá de mí con decepción y pesar igual en su expresión—. Lo intenté.

Me duele el corazón por el suyo. Él nunca lo entenderá, y no sé qué significa esto para nosotros, pero sé que esta reunión fue inútil para esta guerra.

—Intenta mover a los hombres de Carlisle. Puedo cuidarme yo sola. —Mi respuesta llama su atención y me lanza una sonrisa a medias, pero de un amigo a otro. Uno que calienta el escalofrío que me recorre.

—No estás haciendo un buen trabajo con eso, Ria. —Usa el mismo apodo que mi madre me puso y rompe el muro de fuerza al que me he estado aferrando.

—Ha pasado tanto tiempo desde que alguien me llamó así —le digo con una sonrisa que coincide con la suya.

—Siempre te amaré —me dice y me aprieta la mano con más fuerza. Susurra—. Siempre, Ria.

Antes de besar mi muñeca. Un movimiento que hace que Eli cambie de postura una vez más.

Su sonrisa muere antes que la mía.

—Nunca me perdonaré si algo te pasa —dice, y su voz se ahoga—. No puedo hacer nada ahora, pero prometo que haré esto bien, incluso si me odias por ello.

—Desearía que me escucharas —le digo mientras la puerta se abre detrás de mí. Las bisagras oxidadas lo dan a conocer sin volver la cabeza para ver.

—Lo arreglaré —dice Nikolai apresuradamente mientras dos hombres caminan alrededor de la mesa a cada lado de mí y se lo llevan. Tengo que agarrarme del borde de mi asiento para evitar alcanzarlo. Mi corazón se rompe, sin saber cuándo lo volveré a ver y sintiendo como si hubiera fallado miserablemente.

—No seas estúpido, Nikolai —le llamo.

Me mira por encima del hombro con una sonrisa que reconozco y que me hace llorar por detrás de los ojos.

—Haré el intento, Ria.

—¿Lo dejarás ir? —le pregunto a Eli rápidamente y con una desesperación que es obvia.

No duda en responder—: Siempre que no haga nada estúpido.

Solo puedo asentir en respuesta, sin confiar en mí mismo para hablar, sabiendo muy bien que Nikolai haría tonterías para salvarme.

La puerta se cierra y Eli me dice que estamos esperando un momento, pero apenas lo escucho mientras pienso en todo lo que se reveló en los últimos treinta minutos.

Nunca pensé mucho en quién quería ser a medida que crecía. Sólo sabía de qué estaba huyendo.

No quería casarme con alguien que mi padre aprobara, como Mika. Nunca quise eso, y pensé que, si me quedaba callada y escuchaba, mi padre no me casaría como algunos de los susurros que había escuchado insinuaban esa posibilidad.

No quería ser la razón por la que muera el hombre del que me enamore. Esa es la razón exacta por la que Nikolai y yo terminamos lo que teníamos. Cuando mi padre empezó a mirarme de cerca, cuando me preguntó si alguien me había tocado porque los mataría si lo hicieran, lo negué.

Y cuando arrinconó a Nikolai y le preguntó, Nikolai le dijo a mi padre lo que quería escuchar, que no éramos más que amigos, pero que honraría la petición de mi padre de dejarme en paz.

Sabía que no quería estar sola; no quería escapar. Y así, me senté en mi habitación, escondiéndome en silencio de todo lo que sabía que no quería, pero nunca pensé en lo que quería. Nunca perseguí lo que en el fondo sabía que podía ser mío.

Nada me impedirá perseguirlo ahora.

CARTER

—¿hisky? —Daniel me pregunta mientras veo la garganta de Aria apretarse mientras mira la mesa. Lo hizo bien, pero, aun así, verlo fue una maldita agonía.

—Dale un minuto —le hablo por el micrófono a Eli mientras asiento con la cabeza a Daniel. El líquido ámbar se arremolina en la botella y refleja la pálida luz de la luna que se filtra en mi oficina.

Sentado en mi silla, me niego a reconocer lo nervioso que se siente mi cuerpo. Estoy al borde de romperme una vez más. Mi garganta está seca y apretada, mis dedos de manos y pies adormecidos.

—Ella lo quiere —admito la verdad que astilla mi pecho en un susurro mientras miro la pantalla. Fue evidente en la forma en que ella le hablaba, lo abrazó y lo consoló. Pero más que eso, es obvio que él también la ama.

Eso es algo que no puedo permitir.

—No quiero escucharte hablar sobre la mujer que amas, no en ese contexto. No se trata de que ella quiera a otra persona. —La respuesta de Daniel no deja espacio para la negociación y me vuelvo hacia él mientras me entrega el vaso.

Llevo el vaso a mis labios, sé a qué se está refiriendo y tal vez me da frialdad, pero el dolor que se encuentra entre sus palabras me reconforta. El whisky me quema el pecho mientras inclino el vaso hacia atrás y lo tomo todo de una vez.

—¿Otro? —le pregunto, tendiéndole el vaso para que lo vuelva a llenar a pesar de que el suyo todavía está muy lleno. El whisky de tres dedos todavía es evidente en su vaso.

Él llena el mío más que antes; la botella que estaba llena hace solo dos días está casi vacía ahora. Mientras tomo un gran trago, puedo escuchar sus uñas desafiladas golpeando rítmicamente contra el cristal. Se inclina contra la ventana detrás de mí en lugar de tomar asiento.

—Tienes todos sus archivos, así que podrías chantajearlo para que se vaya. —Daniel me ofrece una forma de solucionar el molesto problema. Es una solución que funcionaría para la mayoría de las personas, pero no para Nikolai.

—Es irracional —le respondo, sabiendo muy bien que Nikolai no se retirará.

—¿Quieres decir estúpido? —bromea, y le doy una risa áspera en respuesta, pero la sonrisa que intenta tirar de mis labios finalmente no se muestra.

—¿Crees que me odiará ahora que sabe que la engañé todo el tiempo? —le pregunto. Los nervios me revuelven el estómago y los callo con otro trago. Eso es lo que realmente me preocupa. Todo lo demás no tiene sentido. Pero esa información podría dañarnos. Romano lo organizó todo, técnicamente, creando el encuentro entre nosotros dos. Pero soy culpable y no refutaré lo que le dijo a Aria.

—Estoy seguro de que ella ya te culpó. —Aunque hay un toque de humor en su respuesta, la verdad hace que mi sangre se congele.

Me mofo mientras observo a mi pajarillo pararse, empujar la silla y mirar larga y duramente la que está vacía frente a ella antes de prepararse para irse. No deja de mirar fijamente donde estaba sentado Nikolai y cada segundo que su mirada permanece allí, la grieta en mi corazón se siente como un rayo seco que divide el cielo en dos.

—Ella te ama —dice Daniel detrás de mí, pero no me ofrece ningún consuelo.

—¿Lo hará cuando esto termine? —La pregunta por sí sola hace que el dolor recorra mi columna y me llevo el vaso a los labios, solo para encontrarlo vacío. Con un suspiro, lo dejo sobre el escritorio.

La verdad es que no creo que lo haga.

—Me preocupa más que ella dé órdenes e intente interferir, ¿tú no? —Daniel pregunta. Mirando por encima de mi hombro, veo a mi hermano tomar un sorbo de whisky, aunque sus ojos permanecen en los míos.

—Ella puede hacer lo que quiera —le digo lo mismo que le he dicho a Eli—. Quiero ver qué hará.

—Ella es diferente de lo que pensaba.

Me siento inquieto cuando veo su mirada pasar rápidamente a la pantalla, ya no se enfoca en la habitación trasera y, en cambio, veo a Eli acompañar a Aria de regreso a la casa de seguridad. Los hombres están en varias casas repartidas por las dos cuadras y cada uno de ellos la mira mientras se mueven de calle en calle.

—¿Como es eso? —le pregunto.

Devolviendo su mirada a la mía, coloca su vaso en el alféizar de la ventana y me dice—: Ella está…

más… —elige sus palabras con cuidado—, más *invo-
lucrada* de lo que pensé que estaría.

El nerviosismo que me pica en los dedos se
intensifica cuando agrega—: No estoy seguro de qué
hacer.

Haciendo crujir mis nudillos, no lo miro a los
ojos cuando respondo—: Significa que ella estará
aún más decepcionada cuando todo haya terminado.

Mi hermano me considera por un momento
antes de asentir una vez y tomar su vaso para
terminar la bebida.

Pasa los dedos por el borde del vaso vacío, observando mientras lo hace y me dice—: Me llevaré a
Addison a pasar la noche.

Sus labios fruncen el ceño y sus ojos reflejan un
pozo de tristeza.

—Ella no ha estado en La Piedra. —Finalmente
me mira y yo asiento, haciéndole saber que lo escuché. La Piedra es el restaurante al lado del Cuarto
Rojo. Ya está fuertemente custodiado, al igual que el
club.

—Espero que salga bien —le ofrezco, y es
genuino. Odio lo que les ha pasado. No quiero ver a
mi hermano volver al hombre que es sin ella. Solo
hay dos versiones de él. Y prefiero por mucho a la

que es amada por Addison de la misma manera que él la ama.

Pasando mi pulgar sobre la yema de mi puntero, pienso en que Aria está sola esta noche y en cómo estará pensando en Nikolai.

—Tenla fuera hasta tarde— le digo a Daniel, esperando que sus ojos alcancen los míos—. No vuelvas a la casa de seguridad hasta dentro de unas horas.

Sus labios lentamente intentan dibujar una sonrisa, pero lo hacen.

—¿También tienes planes con tu chica? —me pregunta con un sentido del humor que ilumina sus ojos.

—Ahora sí.

*E*stá tranquilo. Muy silencioso.

El tipo de silencio que te hace sentir intranquilo en el fondo. Mirando la copa de vino vacía, me muerdo el labio inferior sabiendo muy bien que no importa si está en silencio o si estoy en una habitación llena de gente charlando porque me iba a sentir así esta noche de todos modos.

Esta sensación enfermiza y entumecedora se extiende por cada centímetro de mí en el segundo en que soy consciente y no voy a la deriva en un recuerdo en el que desearía poder esconderme.

Dejando escapar un profundo suspiro, empujo la copa lejos de mí y envuelvo la manta tejida con más fuerza alrededor de mis hombros mientras me levanto del taburete en la isla de la cocina.

Finalmente comí hoy, pero la comida no tiene sabor y apenas puedo soportar nada. No cuando me siento así.

Addison se fue hace media hora y le pedí a Eli que les dijera a los chicos que me dejaran en paz esta noche. Parte de mí lo lamenta. Me gustaría fingir que podría bajar y unirme a ellos para tomar una copa. Dios sabe que necesito más de una copa de Cabernet. Necesito una distracción y algo que no parezca que mi mundo se está derrumbando y colapsando sobre mí, pero eso es todo lo que tengo para acompañarme esta noche.

Mis pies descalzos se deslizan suavemente sobre el piso de madera dura mientras camino por el pasillo hacia el dormitorio. Todo lo que sigo pensando es en el teléfono en la mesa de noche. Sólo me permite llamar a Carter, o que Carter me llame a mí. Ni siquiera hay un número en la configuración para que le dé a otra persona.

Odio que me limite así, pero entiendo la necesidad de que él lo controle ahora mismo. Porque si pudiera, llamaría a mi padre. Le diría que lamento haberme ido y que me secuestraron estúpidamente. Le diría que estoy bien. Le suplicaría que detenga todo esto.

Y sería juzgada, encontrada culpable y un fracaso. Ya lo sé, pero aún lo intentaría.

El solo pensarlo me hace detenerme frente a la puerta del dormitorio, con la mano en la perilla de vidrio tallado mientras un tembloroso aliento me abandona. Odio este sentimiento de desesperanza que adormece mi piel. Odio esta sensación de estar encerrada y empujada a un lado.

Odio todo.

Cuando la puerta cruje al abrirse, mis pies se hunden en la alfombra de felpa y trato de encender la luz, pero no funciona.

Mi estómago desciende aún más y lo intento de nuevo, oigo el clic, pero no veo ningún cambio. No me impide mover el interruptor con furia hacia adelante y hacia atrás rápidamente.

—No quiero luz esta noche. —La voz de Carter paraliza mi cuerpo. Es un goteo lento, como el veneno de una mordedura de serpiente. Así es como mi cuerpo reacciona a su tono profundo y áspero.

Mis ojos tardan un momento en adaptarse, pero cuando lo hacen, veo sus anchos hombros desde la esquina de la habitación, sentado en una silla que no estaba allí esta mañana.

—Carter —digo su nombre y luego miro el

desorden de sábanas en la cama, y él sigue mi mirada hasta donde yo estaba hace horas, complaciéndome a mí misma como me ordenó—. No esperaba que estuvieras aquí —le digo en voz baja y me dirijo hacia él.

Me asombra lo atraída que me siento por él. Como si nada importara más que ir hacia él.

Quizás Nikolai tenía razón. Quizás estoy enferma. Porque todo ese nerviosismo y ansiedad ya no existe.

—Te extrañé —me dice, y suena muy diferente al hombre que conocí mientras estaba en la celda, y al hombre que gobierna con mano de hierro, pero es mi Carter, el hombre que me da todo a puerta cerrada. Los aleteos en la boca de mi estómago suben más y más al mismo tiempo, calentando cada centímetro de mí.

—Te necesito —le susurro mientras lo alcanzo, sin dudar en subir a su regazo y envolver mis piernas alrededor de su cintura. Sus grandes manos se extienden a lo largo de mi espalda y mi trasero. Aprieta justo cuando mis labios rozan los suyos y, en lugar de besarlo como pretendía, mi cuello se arquea hacia atrás y gimo de dolor.

De dolor.

Es todo lo que me da en este momento, pero sentarme así, estar con él y sentir su calor es exactamente lo que necesito ahora. El dolor solo envía ondas de placer a través de mi cuerpo.

Él baja los labios hacia el hueco de mi garganta, dejando que su barba incipiente se arrastre por mi piel mientras planta besos con la boca abierta allí mismo y luego sube por mi cuello.

Me muerde el lóbulo de la oreja antes de susurrar de una manera que crea un escalofrío en mi columna vertebral—: Te quiero en la cama.

Primero le doy un beso. Al robarlo rápido, me encanta que lo pillo con la guardia baja y casi pierde la oportunidad de devolverme el beso.

Sin embargo, lo toma y luego se sienta mientras yo dejo su regazo y me acuesto en la cama.

—Desnúdate —me ordena y yo obedezco. Lo hago lentamente, dejando que mis dedos se detengan sobre mi piel sensibilizada y deleitándome con el poder que tengo. Él me desea. Le encanta desearme. Y es un sentimiento embriagador que un hombre tan poderoso se rinda a la necesidad de desearte.

La ropa cae descuidadamente al suelo y el aire fresco besa mi piel mientras me retuerzo en la cama y paso la punta de mis dedos por mis pezones endurecidos.

Carter se pone de pie lentamente, y apenas giro la cabeza para verlo caminar alrededor de la cama, desnudándose lentamente para mí también. Con la única luz que entra por las ventanas detrás de mí, las sombras bailan a su alrededor y es embriagador.

Puedo escuchar el tintineo de las esposas antes de ver el metal brillar a la pálida luz de la luna, y eso solo me pone más caliente por él. Antes de que me lo ordene, levanto los brazos por encima de la cabeza y me acerco a la cabecera de finas tablas. Sólo usa un par de esposas, las pasa a través de las tablillas y esposa cada una de mis muñecas.

Sus dedos arden a lo largo de mis muñecas y los deja viajar por mi brazo, haciéndome cosquillas, mis pechos, mi cintura y luego mete una mano entre mis piernas y me abro para él.

El profundo gemido que sale de su garganta es mi recompensa, al igual que la extensión de placer que recorre mi cuerpo cuando arrastra sus gruesos dedos desde mi entrada caliente hasta mi clítoris.

Retorcerme en la cama envía una mezcla de dolor por las marcas del cinturón rozando las sábanas y el placer de su toque.

Me deja así, respirando con dificultad para que por un momento agarre algo del suelo.

Una corbata, su corbata. La seda corre a lo largo de mi mejilla y luego me dice que cierre los ojos mientras me envuelve como una venda. Mi corazón se acelera al no poder ver y un nuevo tipo de emoción recorre mi cuerpo.

Sin poder ver, puedo escucharlo claramente cuando saca otras esposas mientras sus dedos viajan por mi pierna, hasta mi tobillo, donde me esposa. Él hace lo mismo con el otro lado y yo estoy con los ojos vendados y sujeta por él.

Mi respiración se vuelve caótica cuando lo escucho caminar alrededor de la cama de nuevo y el frío metal se calienta mientras el frío en el aire me hace rogarle que lo toque.

—Carter —lloriqueo su nombre.

—Dime la verdad, pajarillo. —La voz de Carter es profunda. pero mezclado con algo que no había escuchado de él en el dormitorio durante tanto tiempo. Un borde duro que no me gusta escuchar.

Aunque mi corazón late en mi pecho con la mezcla de miedo deslizándose por mis venas, susurro—: Lo que sea.

—¿Me odias? —me pregunta y con su pregunta llega un clic y un zumbido. Mi espalda se arquea cuando toca el frío metal del vibrador en mi clítoris. El placer es inmediato y me atraviesa.

—Te amo —gimo imprudentemente en el aire mientras tiro de mis esposas, incapaz de alejarme del intenso placer.

La empuja con más fuerza contra mí y dejo escapar un grito ahogado de éxtasis. Puedo sentir que me aprieto alrededor de la nada mientras las intensas olas de placer se acercan como la marea, subiendo y chocando cada vez más fuerte.

Estoy cerca. Tan cerca.

Y luego desaparece.

Me arranca un grito ahogado y trato de mirar a mi alrededor. Quiero escuchar dónde está y qué está haciendo por encima del sonido de mi propia respiración entrecortada. Pero mientras lo hago, mi orgasmo inminente se atenúa lentamente, dejándome resbaladiza con mi propia excitación y desesperada por qué me libere.

Tragándome la decepción y tratando de no tirar de las esposas que se clavan en mis muñecas y tobillos, lo espero.

—Me odiaste cuando viniste a la celda.

Respiro profundamente, sin querer recordar cómo empezamos. Mi voz es ronca cuando le digo —: Sabía que te deseaba.

Sus gruesos dedos empujan dentro de mí y puedo sentir sus nudillos rozar mi pared frontal. Mis senos se balancean y mis omóplatos se clavan en el colchón mientras me folla con los dedos.

—Joder —gimo, sintiendo el calor esparcirse por

mi cuerpo como un incendio forestal mientras el manojo de nervios en mi núcleo se calienta y se prepara para encenderse.

—Carter —suspiro su nombre mientras mi cuello se arquea y siento que el placer aumenta cada vez más y luego gimo su nombre justo antes de correrme.

Y se aleja antes de que pueda terminar. Mi respiración es caótica y trato de quitarme la venda de los ojos, pero tengo las manos esposadas.

—¡Carter! —le grito y todo lo que obtengo a cambio es una risa áspera.

Besa mi mandíbula incluso cuando me aparto de él.

—No me gusta esto —le advierto con una voz que vacila. Puedo sentir una sensación de pavor fluir en mi sangre.

—Todo lo que tienes que hacer es responderme.

Su voz es tranquila como si esto no fuera una trampa.

—¿Me odiaste? —pregunta de nuevo, y mi voz se tensa.

El zumbido se hace más fuerte y esta vez el vibrador me golpea con toda su fuerza. Mi cabeza empuja hacia atrás y el placer corre por mi sangre.

Estoy tan cerca. Ya estoy en el borde con solo unos segundos de su toque.

Y luego me lo quita. Apretando los dientes, lucho por moverme, sintiendo las lágrimas pinchar mis ojos.

—¡Carter! —le grito con ira pura, pero todo lo que consigo es el vibrador de vuelta en mi hinchada protuberancia.

Una vez más, me lo quita justo antes de que el placer pueda consumirme, dejándome con un fuego que se apaga y no puedo soportarlo.

—¡Sí, yo te odiaba! ¡Me lastimaste y yo te odié por tomarme!

El dolor que me atraviesa no se parece a nada que haya sentido antes. Admitir lo que pasó y saber lo que sentí en ese entonces... lo odio. Odio que lo mencione.

—¿Es eso lo que querías? —le pregunto, furiosa de que esté haciendo esto—. ¡Odio esto!

Le grito, pero cuando la última palabra sale de mis labios, el vibrador golpea mi clítoris y lo deja allí, mi cuerpo vuela más y más alto y luego caigo del cielo, enviando una sensación de hormigueo que destroza mi cuerpo de una vez.

Dura y dura mientras yazco paralizada y todavía a merced de Carter.

—¿Me amaste después? —me pregunta, sus labios tan cerca de los míos y yo me levanto lo más alto que puedo y robo sus labios con los míos. Me devuelve el beso con voracidad. Puedo sentir su cuerpo cerca del mío y desearía poder envolver mis piernas alrededor de él y aferrarme a él, pero estoy atada y él se aleja de mí.

Todavía me estoy recuperando del orgasmo y del beso del que estaba demasiado hambrienta para recordar lo que me preguntó, así que me pregunta de nuevo.

Sin aliento, le respondo—: Sí, te amo. Te amo, Carter.

Cuando su nombre sale de mis labios, empuja el vibrador hacia mi capullo sensibilizado y es casi demasiado. Grito su nombre y captura mis labios con los suyos mientras detono debajo de él. El placer me consume como el cielo nocturno se consume de estrellas. Una y otra vez.

Quiero besarlo, pero más que nada quiero que sepa cuánto lo digo en serio cuando lo digo. Lo amo y es todo lo que quiero.

—¿Amas a Nikolai? —me pregunta, y la pregunta destruye el momento. Lucho por responder, pero sé la verdad y no le mentiré.

—Sí, pero no como a ti— le respondo, sintiendo la caída alta y mi pulso lento.

Pasa un segundo y otro sin que él haga un sonido ni me toque y el miedo corre por mi sangre.

—¿Carter? —Grito su nombre y me hace otra pregunta.

—Si yo no estuviera aquí, ¿estarías con él?

El silencio se alarga cuando recuerdo que deseaba a Nikolai pero tenía demasiado miedo de decírselo a mi padre. Esa chica, la que no persigue lo que quiere y simplemente reza para que no la vean, esa chica murió hace mucho tiempo.

—No lo sé —le respondo en un suspiro y de nuevo él me niega, empujando el vibrador hacia mi clítoris y follándome con los dedos hasta que estoy tan cerca de mi liberación que no puedo respirar.

Jadeando por aire, busco algún tipo de alivio, rozando mi trasero contra las sedosas sábanas, pero Carter me da un chasquido, sosteniendo mis caderas hacia abajo.

—Dime la verdad, pajarillo. Yo te cuidaré —susurra con una voz en la que no confío. Una que es pecaminosa.

—No lo sé Carter. Por favor —trato de suplicarle, pero él no escucha.

Presiona el vibrador contra mi clítoris y se aleja

casi instantáneamente. Mi cuerpo se mueve y el metal se clava en mi piel.

—¡Mierda! —grito. Estoy tan cerca. Estoy tan cerca otra vez.

De vez en cuando, de vez en cuando, me sigue provocando.

Las mareas de mi placer se precipitan a la superficie, encendiendo cada terminación nerviosa, pero tan pronto como están listas para estallar, él se aleja y espera a que las brasas se apaguen antes de devolver el fuego.

—Si yo no estuviera aquí, ¿estarías con él? —me pregunta suavemente, con calma, sus labios cerca de la concha de mi oreja. Su aliento viajando a lo largo de mi piel es suficiente para casi llegar al éxtasis. No respondo, solo me muerdo el labio inferior y niego con la cabeza, pero no puedo responderle.

Y lo vuelve a hacer. Me folla con los dedos sin piedad, pero en el segundo en que se acerca mi orgasmo, él se aleja. El olor a sexo y la sensación de mis jugos resbalándose en la parte interna de mis muslos me hacen pensar que hay más. Pero me deja jadeando y de nuevo mi orgasmo muere antes de que pueda bajar.

Es lo último que puedo tomar.

—¡Sí! Intentaría estar con Nikolai si tú no estuvieras.

Apenas puedo creer que haya dicho el pecado en voz alta, y mucho menos a Carter. Sé que le duele y lo odio. Lo odio, joder, pero es la verdad.

—Trataría de estar con él —respiro profundamente, limpiándome las lágrimas de mi rostro con mis antebrazos y deseando poder hacer lo mismo con mi vergüenza—. Pero no sé si alguna vez podría tener lo que tú y yo tenemos. No sería la persona que soy sin ti.

Lágrimas corren por mi rostro mientras la confesión se me escapa.

—Te amo, Carter. No lo quiero a él cuando te tengo a ti.

Él acaricia despiadadamente mi pared frontal y me corro al instante. Él me da el orgasmo, lo saca y mi cuerpo se arquea y se pone rígido cuando el grito silencioso de éxtasis me es arrancado.

No se detiene hasta que estoy flácida y luchando por respirar.

—Carter, detente por favor —le suplico con una voz estrangulada que no se parece en nada a mí—. Odio esto. ¡Yo te elijo! ¡Te elijo a ti!

—Tranquila —me calla mientras lucho por respirar. El toque de su mano extendida sobre mi vientre me hace saltar, pero acaricia mi piel con suaves caricias hasta que todo mi cuerpo se calma. Con suaves besos en mi cuello, le suplico que se detenga de nuevo y me deje amarlo. Es todo lo que quiero hacer ahora, amarlo y sentir el amor que él me tiene.

—Una pregunta más —me dice, y me quedo tan quieta como puedo, esperándola y temiéndola. No puedo dejar de llorar, sabiendo lo que ya le he confesado y preocupada de que no me quiera por eso.

—¿Aún me elegirás cuando tu familia se haya ido? ¿Me seguirás amando entonces?

Ya sé la respuesta, pero no quiero decirla.

El zumbido del vibrador me hace llorar más fuerte. Lo recorre a lo largo de mi hueso púbico y mis caderas se contraen, tratando de alejarse. No puedo aguantar más.

—Dime la verdad —susurra con una voz cubierta de desesperanza. Él ya conoce la respuesta; ya le he dicho. No necesita torturarme.

—No —grito. Odiándolo por lo que está haciendo. No quiero pensar en nada de esto, y mucho menos admitir lo que nos haría.

—Te amo, pero si lo haces... si los matas, te odiaré para siempre —jadeo mientras las lágrimas corren por mi rostro. La agonía me atraviesa tanto en el sentido físico como emocional. Me destroza.

Carter destruyó cualquier guardia que tuviera que me protegiera de esta verdad.

—Te amo, Carter. —Escucho el clic de las esposas y luego el metal sale de mi piel. Me muerde las muñecas y en el momento que las desbloquea; acuno mis muñecas contra mi pecho.

Todavía estoy llorando con la venda de los ojos cuando escucho que la puerta del dormitorio se abre y se cierra. El vacío en mi pecho se derrumba sobre sí misma y me niego a creer que me dejó.

Pero cuando finalmente me quito la venda de los ojos y le suplico que me abrace, no está allí.

Carter me dejó.

No me ama. Carter Cross no me ama.

CARTER

Todavía puedo sentir su coño contraerse alrededor de mi polla la primera vez que la tomé. Todavía sueño con eso.

Todavía puedo saborear el dulce vino en sus labios.

Todavía puedo escuchar sus gritos de placer y sus susurros de que me ama.

Sé que mientras yo viva, lo recordaré todo. Recordaré lo que tuve con ella.

Esta noche, le hago la guerra a su familia; mataré a tantos de ellos como pueda.

Destruiré lo que tenemos juntos y me arriesgaré a que me odie para siempre. Ella estaba diciendo la verdad y yo no puedo soportarlo. Esta noche perderé a la mujer que amo.

Mi mirada cae al teléfono en la encimera del baño justo cuando Jase toca la puerta de mi habitación.

—Acá estoy —le llamo y abro el grifo para mojar mi navaja. La crema de afeitar ya está untada sobre mi piel. Desde que la dejé a ella anoche, he vuelto a caer en mis viejos hábitos y me distraigo concentrándome en la guerra y todo lo demás involucrado en este negocio.

Jase habla mientras me afeito, deshaciéndome de la barba y preparándome para parecer el hombre que controla un imperio.

—Tengo una propuesta —comienza, y mis ojos se mueven hacia los suyos en el reflejo del espejo antes de volver a mi mandíbula.

Cada pase de la hoja es preciso y suave, rozando mi piel.

Da un paso adelante, llenando la puerta.

—Creo que nuestro problema es que nos hemos dormido en nuestros laureles.

—¿Nuestro problema?

—La razón por la que los hombres piensan que pueden robarnos, la razón por la que Romano está creando competencia y nos involucró en esta guerra.

—Lo considero por un momento antes de volver a afeitarme, golpeando la navaja contra el lavamanos antes de bajar la cuchilla por mi piel nuevamente. Ya no me importa una mierda nada de eso.

Mataré a los que me desafíen o se interpongan en mi camino. Y estaré satisfecho con eso sin importar si Jase lo está o no.

Me dice con una ceja levantada—: No nos estamos expandiendo.

—Tenemos otras cosas de qué ocuparnos. El club. El restaurante. —No sé por qué me molesto en recordárselo. Puedo ver la mirada en sus ojos. No se detendrá hasta obtener lo que quiere.

—El dinero que ganamos es mucho menos, no se compara. Tú lo sabes, yo lo sé, y todos los demás lo saben. —Habla apresuradamente como si no pudiera esperar para hacer su punto, pero lo prolonga, como si quisiera hacerlo más interesante.

—Nos vamos a mudar a Crescent Hills —le digo.

—Porque quieres ocupar ese lugar, no porque haya dinero allí. —Su voz es plana, su expresión expectante.

No puedo discutir esa verdad.

—Valdrá la pena estar más cerca de los muelles —le digo, y él niega con la cabeza en desacuerdo. Mi paciencia disminuye cuando golpeo mi navaja de nuevo en el lavamanos y la mantengo bajo el agua corriente.

—Creo que tenemos que ir al norte. Una verdadera expansión —me dice y espera con gran expectación.

—¿El territorio de Talvery? —le pregunto, mis ojos en los suyos en el espejo y él asiente con la cabeza—. Ya se lo di a Romano.

—Aún no se ha tomado, y Romano puede irse a la mierda. —La voz de Jase es dura y su persistencia brilla. Jase mantiene su mirada en mí a pesar de que respira con más dificultad por la emoción—. Íbamos a darle Fallbrook a Romano y él ya tiene todo la parta alta del lado este. El territorio de Talvery debería ser nuestro.

Sus ojos se posan en los míos, esperando una reacción, pero no le doy ninguna. No dormí por una mierda y me importa un carajo expandirme.

—¿Estás tan aburrido? —le pregunto torpemente. Recuerdo lo que fue tomar el control, lo que se requería para que mi nombre quedara grabado permanentemente en este territorio. Lo enfermizo de todo y el riesgo. No vale la pena el dinero que genera.

—¿Aburrido? —Jase exhala con fuerza—. Es una oportunidad perdida.

No respondo. En cambio, termino de afeitarme,

con cuidado de no reaccionar cuando Jase agrega—: ¿Y qué hay de Aria?

Arranco la toalla de mano de donde cuelga a mi derecha y la humedezco debajo del grifo. Es difícil contener lo que siento por ella. La pérdida es demasiado real. Pega demasiado cerca.

—¿Qué hay de ella? —Mientras me limpio la cara, ignorando los gritos de dolor en mi pecho, él me dice—: Escuché cómo está manejando las cosas.

Agarro la toalla con más fuerza, rezando para que mi hermano no diga algo que me lleve a romper su maldita mandíbula. Anoche... Ni siquiera puedo pensar en cómo la verdad me apuñaló en el corazón como nada antes.

Él me dice—: Creo que ella querría esto.

Frunzo el ceño y me concentro en respirar y controlar mis expresiones.

—¿Querría qué? —Hablar duele. Incluso la respiración duele. Todo duele.

—Creo que ella querría seguir teniendo el territorio... ¿tal vez para ella? —ofrece, inclinando la cabeza y levantando la ceja—. ¿Te imaginas cómo reaccionaría si matáramos a su familia y le diéramos su tierra a Romano?

Usando la sección seca de la toalla, la paso por mi

mandíbula, sabiendo exactamente cómo va a reaccionar y odiándola por ello. Trago saliva, sabiendo que
puedo mantenerla aquí. Físicamente, tengo los medios
para mantenerla aquí, pero eso aumentará su odio. Y
quiero que ella me ame. *Necesito* que ella me ame.

—¿Qué pasa si, en cambio, hacemos el menor
daño posible? —Se mueve fuera de la puerta mientras tiro la toalla en el lavamanos y paso junto a él
hacia mi tocador por mis gemelos. Estoy ejecutando
los movimientos, concentrado en cada detalle
mundano que me ha llevado a este punto en la vida.

—Cualquier daño que hagamos la romperá, Jase
—le digo sin entusiasmo.

—Te lo digo, es una buena idea, Carter.

Está a unos metros de mí, apoyado contra la
pared con los brazos cruzados.

—Ya le dijimos a Romano, pero yo digo que los
golpeamos espalda con espalda. Talvery, luego
Romano y lo tomamos todo.

—¿Con qué hombres? —le pregunto, sintiendo el
hormigueo de rabia subir por mi columna—.
¿Recuerdas el costo de todo? ¿Cuántos hombres
tienen que morir para que estés satisfecho?

Mi voz se eleva y mi pulso se acelera. Me trago la
ira cuando no responde.

Se estremece ante la severidad de mi tono.

Añado—: Esto no es un juego y cada movimiento tiene consecuencias.

—Es todo un juego, hermano. —Me mira a los ojos y dice—: Un juego bien jugado y pensado.

Él me mira y yo a él mientras me dice—: Si Aria fue capaz de convencer a esos hombres de que hicieran lo que sugirió ayer, tendríamos la ventaja. Talvery y Romano perderían hombres y nosotros estaríamos esperando para eliminar al resto —habla con una serenidad que suena muy tranquilizadora.

—Solo Aria no lo sabe —le digo mientras doy un paso hacia adelante y alcanzo mi chaqueta, que está sobre el tocador—. No sabe cuántos morirán. Y nunca estará de acuerdo con acabar con su familia.

La insinuación de una sonrisa que estaba en sus labios flaquea.

—Tiene más que aprender —es todo lo que puede decir.

—Esta noche, el legado de su familia comienza a caer, y ella nunca me perdonará, y mucho menos gobernará conmigo. —La sonrisa de Jase se desvanece por completo, y mira a sus pies antes de mirarme a los ojos, listo para decir algo más, pero no lo dejo—. ¿Crees que ella querrá gobernar cuando su territorio no sea más que un cementerio de viejos recuerdos y personas olvidadas?

Joder, me mata saber cómo reaccionará.

—Ella me odiará, joder —muerdo las palabras, rechinando mis dientes uno contra el otro.

Mi respiración es irregular mientras él asiente con la cabeza y se pasa el pulgar por el labio inferior.

—¿Entonces, estás diciendo que es demasiado tarde? —pregunta.

Así es exactamente cómo se siente todo. Es demasiado tarde para retenerla.

Dejo que su pregunta se asiente conmigo mientras me encojo de hombros y me abrocho la chaqueta.

—Sigo pensando que ella querría esto. Incluso si la guerra deja un camino de muerte hacia su trono, no todos morirán. Ella tomará algunos.

—¿Como Nikolai? —respondo con despecho apenas por encima de un murmullo, y eso solo hace que Jase me sonría.

—Tengo la sensación de que ese tipo no va a sobrevivir —bromea, pero no hace nada para calmar los nervios que no me permiten relajarme.

—En treinta minutos, abrirán fuego —le digo mientras observo la pequeña manecilla de mi reloj que avanza con paso firme—. La próxima vez que tenga una idea sobre el control de daños, ¿quizás venga a verme antes?

Sugiero, y se ríe mientras niega con la cabeza.

—La guerra apenas ha comenzado —dice sin darse por vencido—. Sólo dime que le vas a dar un par de vueltas.

Joder a Romano es inevitable; hacerlo en el momento adecuado es fundamental.

Pero el peor error que está asumiendo Jase es que Talvery ya puede contarse como muerto. He cometido ese error antes y no lo volveré a cometer.

—Te lo prometo, Jase.

ARIA

Tres lienzos se extienden sobre una vieja sábana en el suelo del salón. Tres lienzos con tres perfiles en cada uno de ellos. Dos hombres a los que amo y mi madre, que hace tiempo que se fue, forman los tres. Mientras tanto, mi mente se concentra en las noticias que suenan en la televisión.

La lista de nombres sigue y sigue.

No puedo mirar las caras.

No puedo mirar las escenas como las muestran en la pantalla.

Addison está acurrucada en el sofá, mirando fijamente la televisión. Los nombres no significan nada para ella, pero para mí, cada nombre significa demasiado.

Apenas me mantengo firme, sabiendo que

debería estar en sus funerales. Sabiendo que no pude salvarlos. Hay una mezcla de desprecio y pavor por Nikolai. Me pregunto si incluso intentó moverlos. Él lo sabía, ¿y qué hizo? Sin embargo, recuerdo lo que dijo, era un ejército que no controlaba.

Es sólo cuestión de tiempo antes de que se pronuncie su nombre, sumado al creciente número de muertos de los asesinatos sin sentido entre bandas rivales, o eso nos dice el periodista en la televisión de pantalla plana. Incluso el pensamiento me obliga a ahogarme en un sollozo seco, pero lo mantengo presionado.

—¿Esto sucede a menudo? —Addison me pregunta, y puedo sentir sus ojos en mi espalda, pero no confío en mí misma para mirarla, así que, en lugar de eso, coloco el cepillo plano en la taza y veo el pigmento rojo sangrar en el agua.

—No, no así —le respondo de espaldas. Estoy tan acostumbrada a la muerte que no debería romperme así. Pero es la primera vez que trato de detenerlo.

Y fallé.

—¿Necesitas algo más? —La voz de Eli llega desde la puerta hasta la escalera y lo miro, pero no respondo. Me consiguió las pinturas de la tienda de la esquina, unas cuadras más abajo. Las otras cosas estaban en el paquete de Carter. Necesito muchas cosas, creo. Pero cuando mis labios se fruncen y mi garganta se aprieta, no lo miro. En cambio, niego con la cabeza.

Lo odio por quedarse sin hacer nada mientras los hombres mueren. Me odio a mí misma por odiarlo, lo que es aún peor.

—Quiero ir a buscarlos yo mismo —le digo cuando el pensamiento me golpea.

Necesito salir de aquí y dar un paseo. Necesito aclarar mi mente. Necesito algo. Aprieto las cerdas baratas sobre la taza antes de enjuagarla de nuevo.

—Sería bueno tomar un poco de aire fresco. —Me sorprende lo uniforme que es mi voz y lo en control que parezco. Es por Addison. Si ella no estuviera aquí, no tengo idea de cómo reaccionaría esta noche.

La virola de metal que sostiene las cerdas tintinea suavemente en el costado del vidrio mientras lo golpeo y luego lo dejo suavemente sobre la toalla de papel.

Finalmente miro hacia arriba de nuevo y Eli me observa de cerca. Addison está mirando entre nosotros dos y el aire está tenso entre los tres. Sin embargo, no hace preguntas y esta noche, puedo sentir la ira creciendo dentro de mí porque ella no quiere saber más que si esto es normal o no.

—Quiero ir a caminar a la tienda de la esquina, así puedo comprar algunas cosas… por favor —digo la última palabra con los dientes apretados.

—Dame una hora —responde Eli y luego agrega —: Por favor.

Se burla de mí, pero de una manera que sé que está destinado a aliviar la tensión. Aunque no es así.

Dándole una sonrisa tensa, asiento una vez y lo veo irse, aunque todavía no puedo encontrar una respiración uniforme. Todo está tenso y nada está bien. Siento que me estoy derrumbando. Lo estoy perdiendo cada segundo que me siento aquí, vigilada y viendo crecer la lista de muertos.

—¿Estás bien? —Addie me pregunta mientras el sonido de los pasos de Eli disminuye.

—No —le respondo con sinceridad.

Quería ayudar a mi familia y Nikolai me ignoró.

Le dije a Carter que lo amaba, elegí quedarme con él y él me dejó.

Soy una tonta. Soy una maldita tonta.

Estoy indefensa, desesperada y siento que estoy en mi límite.

El sofá gime cuando Addie se desliza y se dirige hacia mí. Ella está callada mientras se sienta con las piernas cruzadas a mi lado y se inclina para darme un abrazo.

—Ojalá supiera qué decir o hacer —me consuela en voz baja y al instante me arrepiento de los pensamientos que tuve hace unos momentos. Estoy tan ansiosa por arremeter, podría verla siendo el objetivo equivocado de mis frustraciones, pero nunca me lo perdonaría.

Agarrando su antebrazo y devolviéndole la apariencia de un abrazo, le digo—: Ojalá lo supiera también.

El tiempo pasa lentamente hasta que agarra el control remoto y apaga la televisión. El clic de la imagen que se vuelve negra es más fuerte de lo que lo había escuchado antes. Quiero que permanezca encendida, así sabré lo que pasó, pero agradezco que lo haya apagado porque no puedo aguantar más.

—¿Quieres hablar? —me pregunta y niego con la cabeza. Me avergüenza cuánto de mí le doy a Carter, solo para que él se contenga a cambio. No creo que pudiera decírselo sin que ella lo odiara aún más. Y después de la noche que tuvo con Daniel, no puedo hacerle eso.

Antes de que pueda bajar en espiral por el camino de la autocompasión que me mantuvo despierta toda la noche, Addison me pregunta—: ¿Quieres leerme las cartas?

La veo masticarse el interior de la mejilla, esperando una respuesta. Estoy tan agradecida por ella que haría cualquier cosa que me pidiera ahora mismo. Por la distracción, por la amistad genuina, por eso asiento.

—Hagámoslo —le respondo.

Con una respiración profunda, me deslizo hacia atrás y me vuelvo hacia ella, sentándome frente a ella y con las piernas cruzadas también mientras ella alcanza detrás de ella en la mesa de café la baraja de cartas que Carter me consiguió hace mucho tiempo.

—Está bien, ¿qué hago? —Addison pregunta, colocando el mazo de cartas frente a ella y mirándolos como si fueran a barajar mágicamente.

—Tíralas primero —le digo en un tono inexpresivo, sabiendo muy bien que ella me va a mirar como si estuviera loca.

—Hablo en serio —digo de nuevo y asiento con la cabeza hacia las cartas, doblando mis propias manos en mi regazo—. Tienes que tocarlas para deshacerte de las lecturas anteriores y poner tu propia energía en las cartas.

Hace lo que le digo, levanta el mazo y golpea débilmente la carta del dorso, aunque está sonriendo todo el tiempo. Ya me siento mejor, un poco, pero algo es algo.

—Ahora baraja el mazo y piensa en algo que te

gustaría saber. O no. —Me encojo de hombros y me estiro desde donde estoy sentada, sintiendo el dolor de inclinarme sobre los lienzos durante las últimas horas. Solo mirarlos me recuerda todo y me apresuro a volver a Addison.

—¿Es suficiente? —me pregunta, extendiendo las cartas y le ofrezco una suave sonrisa y luego hago un gesto hacia la baraja—. Divídelos en tres montones, sin embargo, si lo deseas, y luego apílalos uno encima del otro en un montón de nuevo.

—¿Así es como siempre se hace? —me pregunta mientras hago lo que digo.

—No —le digo, sintiendo un dolor profundo en mi pecho—. Aprendí a leer cartas de mi madre. Pero ella no lo hacía así.

—Oh, ¿cómo lo hacía? —me pregunta, y tengo que agarrar las cartas y mirarlas en lugar de mirarla a los ojos cuando le digo—: No me acuerdo. Tuve que aprender por mi cuenta cuando decidí que quería usar su mazo.

Está en silencio por un momento, pero ella continúa la conversación, dirigiéndola hacia un lado más positivo.

—¿Son estos de ella? —me pregunta mientras coloco las cartas una por una.

—No, estos son los que Carter me consiguió. —

De alguna manera eso me saca aún más emoción cuando dejo la última carta. No le digo que yo estaba encerrada en una celda perdiendo la cabeza cuando me dieron estas cartas. Y que fue Jase quien realmente me las dio. Ese día, o esa noche, vuelve a mí y casi me enfermo.

—Esta es la extensión de herradura —le digo mientras extiendo las cartas, negándome a caer hacia atrás; No retrocederé—. El significador está en el centro, pero cada lugar en esta hoja tiene un significado único y las otras siete cartas están distribuidas en forma de herradura a su alrededor. El significador, esta carta, es básicamente tú en este momento.

—¿El cuatro de bastos soy yo? —me pregunta, aunque sus ojos están en la carta que actualmente estoy tocando los bordes.

Asiento con la cabeza y luego agrego—: Hay cuatro palos: las espadas, los bastos, los pentáculos, también conocidos como monedas, y las copas. Cada uno de ellos representa algo diferente en la vida y los bastos representan la creatividad. Las espadas son conflicto, los pentáculos son dinero, por lo que también se les llama monedas, y las copas son bienestar emocional. Más o menos.

—El cuatro de bastos en esta baraja…

—Siento que esta es una lectura profesional —

exclama Addison, apenas conteniendo su entusiasmo y tengo que darle una pequeña risa.

—He leído mucho sobre cartas. Hace unos años, pensé que me acercaría a mi madre. —Ojalá no hubiera dicho eso último, pero Addison no se centra en lo negativo. En cambio, ella dice—: Bueno, esto es increíblemente increíble.

Se estira para tomar la copa de vino y luego se sienta en posición de firmes.

—Por favor continua. —Hace un gesto cómico y toma un sorbo de vino.

Tengo que soltar una risita que es casi un bufido y recordar dónde lo dejé.

—Bien —digo en voz alta—, el cuatro de bastos. En esta baraja, el cuatro de bastos es un matrimonio literal.

Mientras digo la última palabra, respiro hondo, me doy cuenta de lo emocional que ha estado Addison y observo su reacción, pero bebe un sorbo de vino y escucha. Me quita mucha presión, así que continúo.

Algunas personas toman las cartas literalmente, pero tengo la sensación de que Addison no lo hará. Ella solo quiere una distracción, al igual que yo.

—El significador es una instantánea de quién eres en este momento y el cuatro de bastos es un punto de descanso. Ha habido una sensación de logro y hay una sensación de celebración por ello, por lo tanto, un matrimonio como la imagen de la carta. Es una carta muy feliz por consolidar un sentido de comunidad. Lo que puede no parecerse a dónde estás en este momento —hago una pausa, sintiendo una ola de inseguridad, pero continúo, dándole la lectura que creo que esta carta apunta—. Pero también puede significar amistad, solidificar una amistad.

—¿Entonces, somos nosotras? —me pregunta, y trato de mantener mi voz tranquila y sin la intensa emoción que surge dentro de mí cuando le digo—: Sí. Creo que esta carta es sobre nosotras.

Addison se acomoda en su posición, un codo en cada rodilla y me dice—: Me gusta.

Con una respiración profunda, señalo la primera carta de las siete que forma la herradura.

—Este es tu pasado inmediato y esta carta, el seis de pentáculos, es una carta de generosidad y armonía. Es una carta que representa a alguien que estaba en un buen lugar con la entrada y salida de su dinero, pero no siempre se refiere al dinero. También puede referirse a la caridad y aceptar o dar con gracia dinero, tiempo o seguridad.

Hago una pausa y trago antes de agregar—: Así

cómo me ayudaste a mí. Eso es lo que podría significar esta carta.

Addison solo asiente con la cabeza y toma otro sorbo de vino, así que sigo adelante, moviéndome con los movimientos en lugar de agradecerle de nuevo y mencionar esa horrible noche.

—El presente inmediato, la siguiente carta, es la carta de la sacerdotisa. Es una figura que tiene una profunda intuición.

—¿Y sus palos? ¿Qué palos tiene ella? Addison interrumpe y solo entonces sé que realmente le importa un carajo la lectura de cartas o al menos está prestando atención.

—Los palos están en la parte menor de la cubierta; la mayor parte de la baraja tiene básicamente figuras. Entonces, no son parte de los palos. Básicamente, hay dos tipos de cartas, palos, las cartas menores y luego figuras, las cartas principales.

—Oh. —Ella asiente y luego se aclara la garganta antes de mirar las otras cartas en la baraja para ver cuántas otras son cartas mayores y menores, supongo—. Bien. ¿Entonces el presente inmediato, es la sacerdotisa?

Asiento y luego sonrío cuando ella agrega—: Eso también me gusta. Hasta ahora, esta es una lectura que me resulta esperanzadora.

Mis hombros tiemblan con un bufido de risa mientras continúo.

—La sacerdotisa es una persona con una intuición profunda y es una especie de eco arcano mayor de la reina de bastos. Entonces, no solo tiene una profunda intuición sobre sí misma, sino que la tiene sobre otras personas. En otras cartas, se le representa sosteniendo un espejo que puede señalarse a sí misma o a los demás. Es alguien que tiene energías de otro mundo y alguien que puede observar a los demás por lo que son. Y también ver lo que necesitan instintivamente.

—¿Cómo supe que Daniel era el hombre que es? —Addison me pregunta en un tono plano mientras se coloca la manga de la camiseta sobre su muñeca y luego se limpia debajo de los ojos. Con la boca entreabierta, estoy sorprendida por su respuesta y lucho por responderle lo suficientemente rápido—. Ignórame, lo siento.

Inhala profundamente y sacude las muñecas.

—Lo siento, se me fueron las cabras al monte.

—Está bien —apenas pronuncio las palabras y vuelvo a mirar la tarjeta—. Podría significar muchas cosas o nada.

—Lo sabía —me dice con un dolor que oscurece sus ojos. Una sonrisa triste adorna sus labios y dice

—: No pares, por favor. Por el amor de Dios, dejemos atrás eso.

Aclarándome la garganta, paso a la siguiente carta, pero luego decido volver a la sacerdotisa.

—También podría significar que sabes lo que la gente necesita y yo no conozco tu historia, pero conociéndote, creo que sabes que él te necesita. — Addison me mira con ojos vidriosos, pero asiente.

Mi lugar no está entre ellos, así que retrocedo la extensión, a la tercera carta de la herradura y al futuro inmediato.

—El rey de bastos es tu futuro inmediato. Los reyes en la baraja son los últimos de los palos y tienen control sobre los palos. Los pajes aprenden, los caballeros persiguen, la reina encarna y el rey controla. Y entonces, el rey de bastos es alguien que es capaz de comprender y empatizar con la creatividad y la vida, pero él mismo no es personalmente creativo o espiritual en un sentido realmente enfático. En cambio, es alguien que trabaja en estrecha colaboración con personas creativas o espirituales, pero está distante de ellos y eso es lo que lo hace bueno en lo que hace. Es la distancia lo que le permite estar ahí para los demás, pero también le impide ser parte de ella.

Luchando por colocar esta carta en el contexto actual, pienso en otros significados de la carta.

—El rey de bastos también puede ser una persona carismática pero reservada. Las aguas tranquilas corren profundamente en esta persona, pero es distante.

—¿Entonces, viene alguien que está controlando? —Addison pregunta rotundamente y luego resopla en su vino—. No necesitaba las cartas para que me dijeran eso.

Niego con la cabeza, sabiendo que se está refiriendo a Carter o Daniel, pero esta carta no sería ninguno de ellos. Es otra persona.

—Alguien que es distante y que no se involucra —la corrijo y siento un escalofrío recorrer mi piel. Pincha cada nervio y obliga a que cada pequeño vello de mi piel se ponga de punta.

Puedo escucharla tragar el vino y en lugar de preguntar quién o considerar el significado, simplemente sigo yendo hasta el final de la herradura y la cuarta carta. Ella no se opone.

—Esta carta, tu camino, es el ocho de espadas. Y en las cartas de mi casa… —Hago una pausa y casi me arrepiento de haber dicho casa, pero no lo reconozco. Afortunadamente, Addison no me presiona—. En la baraja de mi madre, el ocho de espadas representa a la reina Ginebra, está atada a la estaca y la van a ejecutar por infidelidad. Y lo interesante del ocho de espadas es que a menudo verás que la mujer sostiene sus propias ataduras alrededor del poste. Sin embargo, los diferentes mazos tienen un arte diferente.

Me tomo un momento para mirar el mazo que Carter me consiguió y no es obvio en esta carta.

—Realmente no puedes verlo aquí, pero parece que esta mujer está atrapada en un destino tan horrible en el ocho de espadas, pero en realidad lo único que la atrapa es ella misma. Ella es la que tiene que poder soltarse y liberarse de sus ataduras. —Miro la carta de nuevo y me doy cuenta de que no se ve así en esta baraja y es la única baraja que he visto en la que los vínculos están realmente atados. Sin embargo, continúo negándome a dejar que piense que está inextricablemente ligada a este destino.

—La mujer de esta carta no va a ser rescatada, pero tampoco está condenada a este terrible destino. Lo único que la atrapa es ella misma. La buena noticia es que puede salvarse a sí misma; en realidad no está atada a la estaca.

Me tomo un momento, pensando en todo, mientras Addison termina su vino y no dice una palabra. *Estas cartas podrían ser para mí.* La idea de que lo sean envía un escalofrío por mi columna vertebral. Addison golpeó las cartas, me recuerdo. Sin una palabra de Addison y sin que me guste adónde se dirigen mis pensamientos, continúo.

—Las percepciones de los demás es la siguiente carta, el quinto lugar en la herradura. El caballero de bastos es tu carta en este lugar. El caballero de bastos tiene que ver con el fuego profundo y la persecución. Haz primero, piensa después. Suelen ser impulsivos.

Addison se ríe en su copa vacía mientras hace girar el tallo entre dos dedos.

—Parece que eso podría ser cierto —dice con una sonrisa en los labios y no puedo evitar sonreír también.

—La siguiente carta es el desafío por enfrentar y esta es una carta interesante para estar aquí. — Pienso en voz alta, sin censurar nada—. El nueve de copas está a punto de culminar la felicidad. Es la diferencia entre estar comprometido y casado. Existe la anticipación de que hay algo que todavía está retenido. Y luego, la siguiente carta, el diez es felicidad completa y matrimonio, no queda nada por venir.

Addison asiente todo el tiempo que le explico la carta y no estoy segura de cómo ella lo percibe hasta que habla.

—¿Entonces, hay más por venir, algo que me haría feliz?

—Bueno, esta es la carta de desafío, así que ese es el obstáculo al que te enfrentas. —Mi respuesta tira de sus labios hacia abajo y su mirada se mueve hacia las cartas—. Entonces, el desafío aquí es que casi estás allí, pero no del todo y ahí es donde está la tensión.

No me detengo. No quiero que lo piense en este momento, pero no creo que me lo diga incluso si tuviera ideas de lo que podrían significar las cartas.

—La carta final es el resultado, y para ti, es la reina de bastos. Ella es alguien que está segura, confiada y es capaz de sentir empatía y crianza, pero también es poderosa y creativa por derecho propio. Ella es alguien que puede ejercer el poder, pero también se sostiene sobre sus propios pies. Ella es la hechicera ardiente.

—¿Ese es mi resultado final? ¿Puedo ser una hechicera ardiente? —bromea, pero estoy tan aliviada de que la lectura parezca terminar con una nota feliz.

Con un asentimiento, le digo—: Sí, Addie. Llegas a ser la ardiente hechicera. —No puedo mantener la cara seria mientras le digo eso.

—¿Entonces, cuándo sucede eso? —me pregunta, y tengo que soltar una carcajada mientras sonrío.

—La sacerdotisa en el puesto actual significa que esta persona a menudo tiene este papel. También es una carta arcana importante y eso normalmente significa que lleva tiempo, pero está en la posición actual inmediata. Eso significa que hay algo de otro mundo en ella, por lo que siempre lleva esto dentro de ella. Todo lo demás son arcanos menores, por lo que eso significaría días... quizás semanas. Pero probablemente días. —Mi mirada vuelve al rey de bastos y mi sangre se enfría. *Alguien viene.*

Addison sonríe y muerde el borde de su copa de vino mientras mira las cartas por última vez.

Una vez más, el rey de bastos es todo lo que puedo ver, y estoy tan concentrada, aunque no quiero estarlo. Me llama. El hombre distante que viene y un escalofrío recorre mi columna de una manera que se siente como un clavo rastrillándome la espalda.

—Si has terminado —la voz de Eli irrumpe en mis pensamientos y nunca he estado más agradecida.

—Sí —me apresuro a decirle mientras Addison recoge las cartas y las vuelve a poner rápidamente en la parte superior de la baraja. Ella también parece estar igualmente absorta con la carta. Observo cómo apila todas las cartas ordenadamente en la baraja y lo deja a él de último, justo al final de la baraja.

—¿Quieres que vaya contigo? —Addison me pregunta mientras me levanto del suelo, sacudo mis manos y mis nervios, y trato de sacudirme la incómoda sensación que recorre mi piel. Los diminutos pelos de la nuca se niegan a pasar desapercibidos. No me dejan sola; incluso mientras camino por la habitación y me pongo la chaqueta, el frío se queda conmigo.

—Creo que entonces voy a intentar dormir —anuncia, aunque creo que se lo dice más a sí misma. Se cubre la cara cuando dice—: Pero necesito esas cosas.

—¿Las cosas? —Le pido que me aclare mientras me detengo a unos metros de Eli y pienso en el frasco de dulces canciones de cuna. La droga que me dio para dormir.

—Daniel me lo dio porque no estaba durmiendo y no sé qué hice con ellas. —Mira la mesa de café como si la hubiera dejado allí, pero no hay nada allí.

—Me causó pesadillas. Las canciones de cuna.

—Es una pena —ella dice con verdadera lástima—. Dormí muy bien con eso. Y hoy ha sido...

No termina, sólo niega con la cabeza. Puedo imaginar cómo se siente ella. Sé que quiere volver con Daniel. Puedo verlo en sus ojos y escucharlo en su voz cuando me contó todo lo de anoche en el desayuno. Sé que lo ama y creo que ella podría perdonarlo si él ya no le guarda secretos una vez que esta guerra haya terminado.

Él es amable con ella. Él la quiere. Y sé que ella también lo quiere. Lo único que se interpone en el camino son los nombres de los que el reportero sigue hablando en la televisión y el hecho de que Addison ahora sabe que Daniel tiene algo que ver en esa tragedia.

—Tenía pesadillas antes, ¿así que tal vez por eso? —Supongo y luego me encojo de hombros, fingiendo que la visión de mi madre no se apodera de mi mente en este segundo. Miro a Eli, todavía de pie allí a unos metros de distancia, mirando al frente y esperándome. Centrándome en él y no en adónde iban mis pensamientos.

—¿Pesadillas? —pregunta, y yo solo asiento mientras me trago el recuerdo.

—Lo siento —dice Addie, y desearía que no lo hiciera. No necesito más simpatía. La simpatía no hace una mierda.

—Ha pasado un tiempo desde que las tuve.

Sé que tengo que agradecerle a Carter por eso.

—De todos modos, hay un vial que estaba en mi

bolso en el cajón de mi mesita de noche, si lo quieres —le ofrezco, y ella me da una pequeña sonrisa.

—Gracias —me dice de una manera que sé que está realmente agradecida mientras bosteza y luego se pone de pie gentilmente.

—Que duermas bien, sacerdotisa ardiente —le digo con una pequeña sonrisa y la miro mientras toma las cartas del piso y las pone en la mesa de café.

—Tú también, Ria —me dice y usa el apodo que solo otras dos personas han usado para mí toda mi vida.

No ve cómo mi cara palidece, pero puedo arreglarlo a tiempo antes de que me mire con una dulce sonrisa.

—Ria, la lectora de tarjetas —agrega al apodo y sonríe.

Me voy sin despedirme, pero no se me escapa que Eli me sigue mirando con curiosidad porque vio cómo reaccionaba. Eli lo ve todo.

* * *

Esta noche se siente más oscura que la noche anterior. Tal vez porque no hay estrellas, o tal vez es solo mi percepción. De cualquier manera, está oscuro.

También hace más frío y mientras me acurruco

en la chaqueta, me encuentro caminando más rápido para llegar a la tienda de la esquina que vi anoche.

—Estás callada —comenta Eli mientras el viento sopla y mi cabello me rodea la cara. Su leve acento se manifiesta más ahora de lo que había escuchado antes. Casi le pregunto sobre eso, pero mi mente está dando vueltas sobre el rey de bastos y quién podría ser. Siempre miro demasiado en mis cartas... y esa lectura ni siquiera era mía.

—Siempre estoy callada —le respondo y cuando me da esa encantadora y perfecta sonrisa, casi sonrío también. Lo miro mientras mira hacia una casa en el medio de la calle y sé que debo esperar cuando haga eso, como anoche, así que lo hago. Metiendo mis manos en mis bolsillos, exhalo y dejo que el aire fresco fluya sobre mí, calmando mi ansiedad.

—Una vez tuve una novia a la que le gustaban esas cartas. Las que lees.

—Cartas del tarot —le digo mientras se balancea sobre sus talones, todavía esperando en el borde de la calle.

—Sí, a ella le gustaba leérmelas, diariamente, para decirme cómo iba a ir mi día.

Una sonrisa burlona tira de mis labios.

—¿Tenía razón? —le pregunto, y él se ríe mientras niega con la cabeza.

—Estaba tan equivocada que casi podía garantizar que sucedería lo contrario de lo que ella dijo.

—Realmente son solo para hacerte pensar —le digo y le pregunto—: ¿Todavía están juntos?

Sacude la cabeza y dice:

—Ella estaba loca. —Una risa genuina burbujea en mi pecho ante la expresión de su rostro, y por primera vez hoy, siento un calor fluir a través de mí. Me siento real por un momento... hasta que la realidad de todo lo que sucede me golpea con fuerza en el centro de mi pecho.

—Eres bueno para las distracciones —le digo mientras tiro de mi cabello hacia un lado cuando llega otra brisa.

Mientras lo hago, el sonido de un automóvil conduciendo una calle o dos me llama la atención.

—Gracias por eso —agrego con tanta sinceridad como puedo.

—Lamento que estés en medio de esto —me ofrece Eli y todo lo que puedo hacer es forzar una sonrisa falsa a mis labios.

Su auricular vibra con la voz de alguien y doy un paso adelante, lista para continuar, pero su gran antebrazo me bloquea.

—Vamos a volver. —Su voz es severa y no ofrece negociación.

—¿Qué pasa? —le pregunto sintiendo mi corazón acelerarse y contando cuántas calles hemos caminado. Tres. Está a la vuelta de la esquina y la casa de seguridad está a solo tres calles.

Apenas puedo respirar cuando me dice—: Ahora —ignorando mi pregunta y envolviendo su brazo alrededor de mi cintura para acelerar mis pasos.

No puedo seguir su ritmo rápido mientras mi cuerpo se incendia de miedo.

Cuando las voces apagadas vuelven a atravesar su auricular, lo miro, tratando de escuchar, queriendo saber qué está pasando.

No había nadie en las calles. Ni un alma. ¿Qué diablos pasó?

Los faros vienen de mi derecha. Y entre todo eso, las voces, el pánico, las luces, tropiezo y caigo al suelo como una tonta.

Mis rodillas y palmas golpean el cemento con fuerza mientras Eli intenta tirar de mí, atravesando el patio para ir directamente a la casa, pero lucho para empujarlo fuera de mí, para poder levantarme. Solo quiero ponerme de pie, pero él me está lastimando mientras intenta levantarme.

El carro aparcado a mi derecha cobra vida con un rugido, el motor gira y el sonido llena la noche justo cuando escucho disparos de armas.

¡Pum! ¡Pum! ¡Pum! Los disparos me hacen gritar y el corazón se me sube a la garganta.

—Quédate abajo —gruñe Eli mientras se acuesta encima de mí, cubriéndome, pero no se queda allí por mucho tiempo. Las balas no vienen por aquí; ni siquiera están cerca.

Apenas puedo ver a Eli sacar su arma, el frío metal rozando mi hombro antes de dispararle al carro.

Hay tantas armas disparando. Demasiadas para contarlas y no sé dónde están disparando, pero no a mí.

Algunos chocan con el carro. Puedo oírlos crujir contra el metal. Suena y algunas balas rebotan. Las balas alcanzan la casa que Eli estaba mirando, el ladrillo se astilla y los pedazos caen más allá de la luz del porche como si estuviera nevando en esta fría noche de verano.

Todo sucede en cámara lenta mientras miro hacia arriba, la parte de atrás de mi cabeza golpea el pecho de Eli mientras él dispara al carro de nuevo, diciéndome que me quede quieta, pero no lo haré. Necesito saber qué está pasando. Me mantengo agachada, pero me niego a cubrirme la cabeza y no enterarme de lo que está pasando, para poder prepararme si es necesario.

Hay cuatro hombres en el carro. Puedo verlos claramente a pesar de que están vestidos de negro y las sudaderas con capucha les cubren la cara. Dos siguen disparando contra el edificio, apretando rápidamente los gatillos. Los hombres del edificio están contraatacando. Los casquillos de las balas golpean el suelo y el tintineo me distrae cuando otra ronda de balas se acerca a nosotros, apuntando a otra casa con hombres en esas ventanas también disparando. Solo estamos separados del carro por una cerca blanca que no ofrece protección y tal vez tres pies en una yarda de césped.

Los otros dos hombres que estaban en el carro corren mientras yo observo la escena. Ambos corren por la calle para huir, aunque giran y disparan, escondiéndose detrás de los carros y la valla de ladrillos. Están corriendo más cerca de nosotros.

No sé de qué carro vinieron. No conozco a los hombres, pero uno de ellos, corriendo, cae instantáneamente, grita de agonía y se agarra la pierna en la acera, el rojo brillante brilla intensamente mientras se ilumina en la luz de la farola.

Pum.

Él está en silencio y se queda quieto. Mi corazón se acelera, mi pulso palpita tan fuerte que apenas puedo escuchar los disparos.

El chasquido de los zapatos recorre la calle más fuerte que los disparos.

—Quédate quieta —me dice Eli, con la intención de esconderse mientras el cabrón que está corriendo intenta escapar.

Va a dejar que se escape.

Ira y rabia como nunca había sentido antes de la guerra dentro de mí y arde. Arde demasiado brillante. Hace demasiado calor y no puedo soportarlo.

Ni siquiera sé que es mi propio grito cuando le arranco el arma a Eli inesperadamente y corro calle abajo hacia el cobarde que me disparó a mí y a los hombres que me protegían. El cobarde que se escondió y esperó para atacarme. Joder, no lo dejaré correr.

No dejaré que se escape. Joder, me niego.

Mis pies golpean con tanta fuerza el suelo que siento que el dolor me atraviesa los muslos. Está a solo unos metros de mí y corre más rápido, pero vuelve a disparar contra el edificio, reduce la velocidad y gira y eso me da una oportunidad. Con una profunda inhalación del aire frío que me duele los pulmones, me lanzo hacia él, sin ver nada más que rojo.

Su cabeza choca con la acera de cemento y

escucho que su arma cae a la calle y suena como si golpeara metal… tal vez una alcantarilla. No lo reconocí más lejos y tampoco lo conozco ahora que estoy de cerca. No sé quién es más que alguien que nos atacó.

Incluso cuando el metal golpea su cráneo, no escucho que los disparos se detengan. Incluso cuando la sangre me salpica la cara, el calor no es nada comparado con la furiosa quemadura que fluye a través de mi propia sangre, no escucho a Eli gritar por mí.

No me detengo, no puedo dejar de golpearle la carne con la culata de la pistola. Ni siquiera puedo ver lo que estoy haciendo con las lágrimas corriendo por mi rostro. Intento darle un puñetazo con la pistola que tengo en la mano y el metal choca con la fina piel de mis nudillos. Duele, sé que lo hace, pero eso solo me impulsa a hacerlo de nuevo.

Los pasos son fuertes y se acercan, pero todavía puedo sentir al hombre debajo de mí empujándome. Sus manos empujando contra mi pecho, mi cara, en cualquier lugar hasta que se detienen para cubrir su rostro.

Hago una pausa por sólo un segundo y es un segundo demasiado cuando alcanza el arma. Presa del pánico, me inclino hacia adelante, golpeándolo con la cabeza y chocando mi frente contra su nariz. Grita, pero no se detiene.

Él todavía está tratando de alcanzar su arma, así que golpeo con fuerza la culata de la pistola en mi mano contra su garganta y su sangre caliente brota de sus labios mientras tose.

Manos fuertes agarran mis hombros y luego mis brazos, pero pateo, desesperada por conectar con el cabrón que se atrevió a hacer la guerra con los hombres que me protegían.

Mi zapato izquierdo golpea su barbilla y su cabeza se mueve hacia atrás, golpeando contra el cemento. Todo en mi mente se vuelve una niebla cuando Eli me sostiene cerca de él, me dice que me calme y me arrastra. Todo lo que puedo ver es a ese hombre huyendo, alejándose sin consecuencias mientras me escoltan de regreso, a través de los patios y directamente de regreso al lugar de dónde venimos.

Todo sucedió tan rápido que todavía estoy respirando caóticamente y temblando cuando Eli y otro hombre, que lo ayudó a arrancarme, me llevan adentro.

—Llévala adentro. —Escucho las palabras de Eli, pero se arrastran mientras lucho por respirar.

El aire ya no está frío. Nada es frío. Está todo caliente y siento que me ahogo.

En el segundo en que la luz brillante del vestíbulo me golpea, los aparto. No quiero que me toquen, no me pueden tocar en este momento.

Me niego a hablar con ellos, a escucharlos diciéndome que me detenga y me calme.

¿Calmarme? ¿Cómo puedo calmarme cuando esto es lo que es mi vida?

—¡Estoy cansada de recibir órdenes! —Es todo lo que puedo gritar, mi voz ronca por los gritos. El recuerdo de lo que he hecho se filtra lentamente mientras me balanceo en el suelo. Yo estaba gritando. Entonces no me di cuenta, pero estaba gritando.

Cada vez que trago, duele. Mis hombros se estremecen y Eli intenta consolarme, pero lo aparto. Retrocediendo hacia la esquina del vestíbulo, me veo corriendo detrás del hombre y peleando con él.

El tiempo pasa lentamente.

Calmo mi respiración y me calmo lentamente, observando mis manos y deseando que dejen de temblar. Hay tanta sangre en ellas y me las limpio en mis pantalones, pero eso simplemente esparce la sangre.

Camino a mi habitación, agarrándome a la barandilla para mantenerme en pie. Eli me sigue, pero se queda a una buena distancia. Me quito con cuidado la ropa manchada y me meto en la ducha caliente para lavar la sangre, aunque tengo los nudillos en carne viva y cortados. Les llevará tiempo sanar.

Tal vez pasa una hora y me paso todo el tiempo en la ducha. Cuando estoy limpia, bajo las escaleras y abro la puerta principal de la casa para ver a Eli, el otro hombre y otros dos haciendo guardia.

Todo lo que quiero saber es su nombre. Quiero el nombre de ese hombre. No sé por qué importa tanto como lo hace, pero necesito saber su nombre.

Sé que me veo tonta con el pelo mojado que se pega a mi cara y el pijama puesto, pero, aun así, hablo.

—¿Quién es? —le pregunto a Eli mientras me paro a la luz del vestíbulo, y él se queda al otro lado de la puerta, bañado en la oscuridad—. ¿Cómo se llama el hombre?

—Lo sabremos pronto y te lo diré inmediatamente —me responde, y eso solo me enfurece más. ¿Cómo puede no saberlo? Todavía me duele cuando trago y me duele, aún más, cuando aprieto mis manos en puños a mi lado.

—¿Dónde está? —le pregunto a Eli con los dientes apretados—: Yo misma se lo sacaré a golpes.

La rabia que siento es injustificada y sé que estoy fuera de control y estoy cruzando una línea, pero ya no me importan los límites. No cuando todos los demás los cruzan.

El silencio solo se rompe con el chirrido de los grillos desde el otro lado del patio. Hay tres hombres frente a mí y nadie me responde.

Puedo escuchar a Eli tragar mientras los otros hombres me miran, y aun así, nadie responde.

—¿Dónde está? —Repito, dispuesta a decirles que se vayan a la mierda si se niegan a decírmelo. No me importa lo que ordenó Carter. No me importa si soy su enemiga o si ellos piensan que solo son mis niñeros—. ¡Necesito saber su nombre!

—Está muerto, Aria. —La voz de Eli es más suave de lo que esperaba, y tengo que tomar una respiración temblorosa. Su mirada es evaluadora, pero reconfortante—. Él murió.

Mis ojos parpadean sobre los suyos y luego se lanzan a los otros hombres.

—¿Quién lo mató? —Mi voz está llena de conmoción y remordimiento por hablarle así, junto con todo lo demás. A medida que avanza el tiempo, parezco descender, volver a conectarme a tierra.

Como si parpadear finalmente eliminara la rabia roja que me cegaba.

Un hombre se hace a un lado, otro susurra algo en el porche, pero la voz de Eli me devuelve la atención.

Él me responde—: Tú lo hiciste.

CARTER

—¿*C*rees que ella será un problema? —Jase me pregunta en voz baja mientras mira a la morena a través de la barra. Destaca en el club lleno de mujeres vestidas con camisetas ajustadas y faldas cortas.

Vestida con jeans rotos en las rodillas y una camiseta sin mangas negra holgada diseñada para la comodidad, ella no pertenece aquí. Más que eso, está golpeando sus manos contra la barra y gritando a través del mostrador a los dos hombres que trabajan esta noche.

—Ella no es la razón por la que estamos aquí —le recuerdo—. Deja que el barman se encargue de ello.

Paso entre la multitud, pero Jase se queda un momento más, mirando a la morena trastornada.

Lo único que me importa son los hombres que están en la trastienda en este momento. Hombres que perdieron a un familiar esta noche. A dos de nuestros muchachos les dispararon por la espalda mientras salían a correr para cobrar. La parte jodida es que estaban en la parte más al sur de nuestro territorio. Entonces, un cabrón entró en nuestro territorio, se escondió y les disparó a plena luz del día. Un cabrón llamado Charles Banner que ahora está enterrado en una tumba poco profunda gracias a Cason.

Sin embargo, no trae a los hombres de vuelta. La muerte es definitiva.

Cuando camino hacia las puertas traseras, Jared las abre inmediatamente y las voces silenciosas de los seis hombres que están adentro son silenciadas. Puedo escuchar a Jase acelerar el paso detrás de mí y entrar antes de que las puertas se cierren, acallando la música del club.

Alrededor de la mesa, los seis hombres tienen bebidas frente a ellos, dos de ellos con los tragos sin tocar. Se encienden los cigarrillos y uno de los chicos da la última calada antes de apagar la colilla. Mientras expulsa el humo, el resto de los cinco me saludan y luego él me sigue.

Las patas de metal de la silla se arrastran por el

suelo mientras Jared saca los asientos tanto para Jase como para mí y luego vuelve a su posición para proteger las puertas.

—James y Logan. —Trago saliva después de mirar a ambos hombres a los ojos. El más joven, James, perdió a su hermano y sus ojos todavía están inyectados de sangre. No puede evitar llorar cuando le digo—: Lo siento.

Logan perdió a su primo, su único primo y fue él quien lo trajo. Puedo ver la expresión de arrepentimiento en su rostro y no hay nada que pueda hacer para recuperarlo.

Los otros cuatro hombres perdieron a un amigo cercano.

Solo dos hombres han muerto esta noche de nuestro lado, y sacamos a casi treinta de la tripulación de Talvery. No hace que las pérdidas sean más fáciles de asumir. No para los seis hombres sentados aquí.

—Lo que sucedió fue una tragedia que necesita ser rectificada.

—¿Pensé que dijeron que tú lo agarraste? —nos pregunta un chico con una cicatriz profunda en el lado izquierdo de la cara y cabello rubio. Sus labios permanecen separados mientras me mira con los ojos muy abiertos—. Dijeron que está muerto.

—¿El gilipollas que robó la vida de mis hombres? —le pregunto, llevando mi mano a mi pecho—. El que apretó el gatillo recibió un disparo en la parte posterior de la cabeza y fue enterrado en la parte trasera del sitio de construcción junto a la carretera. Mañana lo cubrirá el cemento y su nombre será olvidado.

Hago una pausa mientras el chico asiente. Su nombre se me escapa y miro a los otros cuatro. Conozco a tres de ellos y luego vuelvo al rubio. Mateo. Así es.

—¿Mateo? —Lo llamo y él asiente de nuevo, levantando la mirada de donde estaba enfocada en la mesa.

—Puedes llamarme Matty. —Se ilumina por un momento, y es entonces cuando recuerdo que uno de los tipos que murió era su vecino. Crecieron juntos.

—¿Cuantos años tienes?

—Acabo de cumplir veintidós —me dice, y me doy la vuelta y le indico a Jared que se acerque—. Consíguele tantas bebidas como quiera durante toda la semana. Debe celebrarse un cumpleaños. Todos los días vivos deben celebrarse.

—Gracias, jefe —me dice Matty y niego con la cabeza, sin querer su gratitud.

—El hombre que es responsable de la muerte de tu hermano. —Miro a James y luego a Logan mientras continúo—. Y la muerte de tu primo, Nicholas Talvery, morirá en el segundo en que yo tenga la oportunidad de acabar con su vida.

Hago una pausa mientras me vienen a la mente los recuerdos de cómo trató de matarme, de lo astuto que es el cabrón. Siempre preparando y arreglando a sus hombres para sorprender a los desprevenidos, como mis hermanos, cuando sólo éramos niños.

—Nadie —se endurece mi voz—, nos quitará algo sin tener consecuencias.

Mi corazón se acelera cuando miro a los dos hombres a mi derecha a los ojos.

—Él mató a tu familia y yo conseguiré su cabeza por eso.

—Hasta el final de Talvery —Matty levanta el vaso del trago en su mano y los otros hombres hacen lo mismo.

Talvery.

Estoy entumecido mientras se beben los tragos y se compadecen juntos.

—Hasta el final de esta guerra —habla Jase, agarrando otro trago y llenando el suyo y luego los demás.

El espíritu del tipo se recupera, aunque Logan todavía parece perdido. James le da una palmada en la espalda mientras Logan se encorva, niega con la cabeza y vuelve a llorar.

Esta guerra es inútil. Una pelea entre dos hombres, Romano y Talvery, que ya tienen suficiente. Hombres codiciosos y egoístas que arriesgarán vidas para lastimar al otro.

Y yo lo apoyé.

Y Jase quiere más.

Y Aria se encuentra en medio de todo eso.

—Si necesitas algo, ya sabes a quién llamar —escucho a Jase hablar en voz baja con los dos hombres de la derecha y luego se pone de pie, y yo hago lo mismo. Abrochándome la chaqueta y mirando bien a cada uno de los hombres sentados allí.

Ninguno de ellos me culpa y esa es la peor parte. Me amarga saber que no me culpan cuando deberían. Los he arrastrado a este lío.

Por ella.

Estuve de acuerdo con esto… por ella.

El sonido de Jase caminando delante de mí es todo lo que puedo seguir mientras siento que me estoy asfixiando. Quizás así sea como moriré. Me ahogaré con cada decisión jodida que haya tomado.

Siento que mi teléfono vibra en mi bolsillo. Ha estado sonando desde el bar, pero quería entrar y salir y darles a los hombres el respeto que se merecen. Eso es lo mínimo que podía hacer.

Sintiendo que deja de vibrar cuando salimos al aire de la noche y esperamos a que el carro se acerque, me produce la inquietud y el malestar que no me ha dejado desde que dejé a Aria sola en la cama.

—Esa morena se ha ido —comenta Jase, apoyado en un anuncio junto a la acera que detalla todas las ofertas de bebidas en el interior.

Mientras saco mi teléfono, miro su perfil y por un momento veo la expresión de pérdida en sus ojos. Él está mirando hacia el estacionamiento y más allá de él hacia la calle concurrida. Sé en lo que está pensando. Sé lo que significa esa mirada.

—¿Estás bien? —le pregunto y se aclara la garganta, tosiendo en el puño y pateando el anuncio.

—Sí —responde y se pasa la mano por la nuca—. No puedo creer que Talvery desperdicie a un hombre así. ¿De verdad pensó que saldría vivo?

Me pregunto si me está diciendo la verdad sobre lo que estaba pensando, o si yo tengo razón.

El estruendo del motor y el sonido relajante de mi carro al arrancar captan nuestra atención y me ahorran preguntarle y curiosear.

No es hasta que camino y abro la puerta que reviso mi teléfono y veo las llamadas perdidas y los mensajes de texto. Eli nunca envía mensajes de texto, y sabe que no debe hacerlo.

A está sana y salva, pero pasó una mierda. Llámame cuando puedas.

Es el único mensaje de texto que he recibido de él. Y lo leo una y otra vez, sin respirar.

Ella está a salvo. La ansiedad se apodera de mí y no me abandona, lo que me obliga a desabrocharme el cuello mientras camino por el otro lado y le digo a Jase que salga y conduzca. Mi mano golpea el techo cuando él no se mueve lo suficientemente rápido.

—¡Tu conduces! —le grito y siento un miedo crudo en el fondo de mi garganta.

Ella está a salvo.

—¿Qué pasa? —No se opone, pero me mira fijamente todo el tiempo que se mueve hacia el otro lado.

Con la llave en el encendido, se sienta allí mirándome mientras suena el teléfono de Eli.

—Vamos —grito.

—¿Qué pasa? —pregunta de nuevo.

—Vamos a la casa de seguridad —le grito, irritado porque Eli no responde, y además muy cabreado porque estoy aquí y no con Aria. Pero más que nada tengo miedo de que le haya pasado algo. Han pasado casi cuarenta minutos desde que Eli llamó.

El timbre se detiene y va a su buzón de voz. *Hijo de puta*. Me inclino hacia adelante, con las palmas de las manos en el tablero y trato de calmarme. *Ella está a salvo*.

—Dime de nuevo cómo deberíamos hacernos cargo de más cuando esta mierda está fuera de control —le murmuro a Jase mientras se detiene en una señal de alto.

—¿Qué pasó? —pregunta de nuevo, con incredulidad en su voz. Miro a mi hermano, sin saber qué decir porque no lo sé. Necesito saber.

—Ella está a salvo —digo en voz alta, pero es más un recordatorio para mí y Jase pregunta—: ¿Aria?

Mientras asiento con la cabeza, el teléfono suena en mi mano.

—Eli —respondo rápidamente, sintiendo mi pulso latir más fuerte.

—Tenemos un problema —me dice mientras Jase

gira a la derecha y luego se detiene en el semáforo. Me está mirando en lugar de mirar la carretera.

—Cuatro hombres en First Street dispararon contra nuestra tripulación. Sabían dónde estaban y fueron a las dos estaciones al final del bloque de seguridad. Uno de nuestros muchachos recibió un tiro, ahora está con el médico y estará bien.

Una exhalación, un profundo y bajo suspiro y trago el nudo puntiagudo del miedo. *Ella está bien*, me recuerdo. Mis ojos se cierran y mi cabeza cae contra el reposacabezas.

Mi corazón late con fuerza, en lugar de latir.

—¿De quién son los hombres? —le pregunto y él responde—: No de Romano ni Talvery.

Mi mandíbula se aprieta, al igual que mi puño. Qué maravilla. Eso es lo último que necesito ahora mismo. Otro gilipollas que me jode.

—¿Algo más? —le pregunto, abriendo los ojos y mirando la cabina del carro.

Las luces rojas y blancas del exterior bailan en el techo mientras habla.

—Los cuatro hombres están muertos, pero se sabía que pasaban el rato con el hombre que trató de llevarse Addison. El que Daniel mató cuando estaba revisando Iron Heart. Hombres para contratar.

Carter... —hace una pausa y también lo hace el latido en mi pecho.

Sé que tiene que ver con Aria. Puedo sentirlo.

—Estaba con Aria en ese momento. Ella estaba allí.

No puedo tragar. Lo intento, pero no puedo. Hay algo en el camino y no puedo respirar.

—Ella está bien. Pero ella estaba allí y jodió a uno de los hombres.

Mi mirada se desplaza hacia Jase, quien me pregunta qué está pasando. Solo puedo mirarlo mientras le pregunto a Eli—: ¿Qué quieres decir con que se jodió a uno de ellos? ¡Se supone que debes protegerla!

La rabia es minúscula comparada con todo lo que siento. La conmoción y el miedo de que ella estuviera allí, el alivio de saber que ella está bien y a salvo. El orgullo de que luchó junto a mis hombres.

Puedo escucharlo resoplar y parece que cambia de oído para decirme—: Ella mató a un tipo. Ella se escapó de mí, lo persiguió por la calle y le dio una paliza.

Mi Aria. Mi pajarillo.

—Recordaré eso la próxima vez que ella me deje con una advertencia —digo en voz baja, imaginándome que está pasando, pero no puedo. No puedo verlo.

—¿Cómo está? —pregunto, sabiendo que lo estará. Anhelo un momento en el que vuelva a ser feliz. Cuando todo esto termine y ella me mire como lo hacía antes.

—No lo está manejando bien, pero honestamente no lo estaba haciendo bien antes de que se derrumbara.

—¿Algo más que deba saber? —le pregunto cuando veo la señal de Hill Road y Jase dobla la esquina, sin disminuir la velocidad. Los neumáticos chirrían cuando Eli me dice que eso es todo.

—Estaré allí en un minuto. Reúne a los muchachos, quiero repasar todo y ver las imágenes.

ARIA

$\mathcal{H}$e matado a dos hombres, pero no me arrepiento.

Mirándome en el espejo mientras me cepillo el cabello, no siento pena. Estoy vacía por dentro y no siento remordimiento; ni siquiera me queda la ira. Nada. No siento nada por el hombre que maté esta noche. Recuerdo sus grandes ojos llenos de miedo. Puedo sentir sus manos sobre mí, empujándome. Puedo sentir el ruido sordo del arma golpeando mi piel una y otra vez mientras chocaba con él.

Y, sin embargo, no siento nada.

Incluso Stephan. Pensar en él no me hace sentir nada.

El cepillo tira mientras lo paso a través de un

nudo en mi cabello, me tomo mi tiempo para quitarlo con cuidado.

Creo que debo estar enferma. No puede ser normal no sentir nada cuando hace horas maté a un hombre. Mis ojos se desvían hacia el espejo y miro a la mujer en la que me he convertido. Me veo igual que antes. Los mismos ojos, los ojos de mi madre. Todo lo mismo que hace meses.

Pero ya no soy esa chica. El problema es que no sé quién soy.

Sin Carter... de repente las emociones regresan y tengo que golpear el tocador con el cepillo. Es un mueble antiguo y me quedo mirando la parte superior de madera desgastada deseando que me dé respuestas y me quite este dolor.

Me dijo que siempre sería suya y me dio libertad. Pero esa libertad me asusta ahora que me dejó. No creo que nunca me acepte de regreso y me deja sintiéndome vacía por dentro. No queda nada más que el dolor de que él no me ama.

Respiro profundamente, sabiendo que necesito aceptarlo y pensar a dónde iré y quién seré una vez esta semana y esta guerra terminen.

Todo lo que sé con certeza es que estaré sola. Y eso suena como lo peor del mundo cuando estás vacía por dentro.

No quiero estar sola.

El golpe en la puerta del dormitorio me sobre-salta y casi salto en mi asiento.

—Adelante— grito, abriendo el cajón del tocador y colocando el cepillo dentro.

Mi mirada atrapa el teléfono que todavía está sobre el tocador. Un teléfono que ha estado en silencio todo el día y toda la noche.

¿Qué sentido tiene dármelo si él no tenía inten-ción de usarlo?

Funciona en ambos sentidos. Sé que podría llamarlo. Pero prefiero dejar que la tensión corte lo que queda entre Carter y yo. Es mejor dejar que se me escape para que cuando acabe mi tiempo aquí, sea más fácil alejarme.

—¿Aún no estás en la cama? —La suave voz de Addison llega a la habitación.

—No puedo dormir —le digo, sin mirarla a los ojos. Puede que no sienta pena por lo que hice, pero todavía no quiero que Addison lo sepa. No quiero que me mire y vea a la asesina despiadada que puedo ser.

—Conozco la sensación —suspira y se dirige a mi cama.

Sentada en el extremo, levanta las rodillas y empuja los talones contra el colchón.

—Quería ver cómo estabas —me dice vacilante. Su voz es cautelosa, considerada, pero sus ojos se mueven desde las uñas pintadas de los pies hasta donde estoy sentada como si no supiera si lo que tiene que decir debería decirse.

Mi pulso palpita. Quizás ella ya lo sepa.

—¿Qué pasa? —le pregunto, negándome a dejar que la ansiedad se apodere. Soy quien soy. Hice lo que hice. Si ella no entiende eso, no hay nada que pueda hacer al respecto. No puedo retractarme de lo que se ha hecho.

—Eli dijo que necesitabas un poco de espacio antes cuando bajé. Creí haber escuchado algo afuera... Decidí no dormir y simplemente ducharme, pero cuando salí sonó como...

Se quita el esmalte fresco de las uñas y me mira.

—¿Dijo que estabas en la ducha, pero que te diera un poco de espacio porque parecías ser tu misma? —ella me cuestiona, sin confiar en que lo que Eli dijo sea cierto.

Tragando saliva, asiento y luego me mojo los labios.

—Hubo un incidente de camino a la tienda de la esquina, pero está bien. —Me encojo de hombros y me vuelvo hacia el tocador, agarro el teléfono y lo sostengo para que ella lo vea antes de dejarlo en mi regazo—. Nada lo suficientemente serio como para que Carter me llame y me regañe.

Esas palabras dejan mi boca llena de sarcasmo mientras pongo los ojos en blanco, tratando de aclarar la verdad de lo que sucedió.

Mirando el teléfono y luego encontrando mi mirada, ella pregunta—: ¿Entonces estás bien?

—Sí. —Mi respuesta es fácil y espero que lo deje ir.

—¿Y tú y Carter? —pregunta y luego agrega—: Si no quieres hablar, está bien.

Su voz es más dura, fuerte, pero no contiene malicia alguna.

—Sé que a veces a la gente le gusta guardarse algunas cosas.

—Me gusta hablar —le digo honestamente y luego siento el tirón de una sonrisa triste. —A veces.

Mi voz es baja y tan tranquila que no estoy segura de que ella haya escuchado.

—De algunas cosas prefiero no hablar, pero, aun así, siempre me gusta hablar de algo. Y cuando se trata de Carter… —Las emociones se me suben a la garganta, impidiendo que las palabras salgan con facilidad—. Cuando se trata de Carter, creo que debería admitir que lo amo, pero él no me ama a mí.

—Lo siento. —La simpatía en la voz de Addison

empuja el dolor en mi pecho hasta la boca del estómago.

—Es lo que es. Él cometió errores, yo cometí errores, pero de todos modos nada de eso importa. Nunca podríamos estar juntos. No siendo las personas que somos. —Las palabras salen más fáciles y claras de lo que imaginaba. La expresión de Addison permanece suave mientras busca en mi mirada algo. No estoy segura de qué.

—¿Qué va a pasar entonces? —me pregunta, respirando profundamente y envolviendo sus brazos alrededor de sus piernas mientras apoya su barbilla sobre sus rodillas. Sentada a unos metros de ella en el tocador, desearía tener una respuesta para ella, pero todo lo que puedo pensar es—: Tal vez haga lo que mi amiga, Addison hizo una vez, tal vez viajaré por el mundo.

Con una sonrisa de esperanza y optimismo en mi voz, agrego—: Me gustaría ser como ella.

La sonrisa de Addison es menos que alegre cuando responde—: Escuché que lo hizo porque tenía miedo. —Sus labios bajan y se muerde el labio inferior—. Me escapé, Aria. Corrí porque no podía enfrentar lo que quedaba aquí.

—¿Te arrepientes?

—No —responde con un suspiro rápido y parece

luchar para decir algo más, así que la empujo a decir lo que piensa—. Lo que sea que estés pensando no tienes que ocultármelo. No te juzgaré.

—No me arrepiento, porque todo me trajo de regreso aquí y me trajo de regreso a Daniel. —Su voz se quiebra y mira hacia otro lado, de vuelta a la puerta cerrada del dormitorio.

—¿Entonces, tú y Daniel? —le pregunto y mantengo mi débil sonrisa en su lugar, sin importar cuánto se me revuelva el estómago. Ella regresará con él y yo estaré sola.

—Lo amo, Ria —me dice en voz baja, sin darse cuenta de cómo está tirando de cada emoción dentro de mí.

—Sé que lo haces —de alguna manera, lo sé, digo la verdad sin dejar ver cuánto dolor siente mi corazón. Perderé a Carter porque no soy la mujer que él necesita. Y perderé a Addison porque Daniel nunca la dejará ir y ella tampoco lo dejará ir a él. Incluso si eso significa que ella hará la vista gorda ante las cosas que él hace.

Como si leyera mi mente, me dice—: No estoy de acuerdo con lo que hace a veces, pero sé que tiene sus razones, lo siento mucho, Aria —se disculpa, y la interrumpo, agitando la mano en el aire imprudentemente.

—Para. No te disculpes. Lo entiendes ahora, ¿no? —le pregunto, sintiéndome sin aliento por la pregunta. Por la idea de que, con su respuesta, es posible que todavía no entienda este complicado lío de dolor y amor que Carter y yo hacemos juntos.

—No estoy de acuerdo con eso —me dice con ojos tristes, pero no niega que entiende por qué.

—No tienes que hacerlo —le digo y luego limpio el sueño de mis ojos—. Es extraño, pero me hace sentir mejor saber que lo entiendes. Incluso si todavía no es…

Correcto. Correcto es la palabra que casi digo, pero no puede ser la palabra correcta. Porque no me importa lo mal que era lo que teníamos, estaba bien para mí. Fue adecuado para mí.

Y me niego a llamar mal lo que teníamos.

—¿Te molesta que todavía ame a Daniel? —me pregunta y yo niego con la cabeza.

—Si yo fuera tú, también lo amaría. Luchará por ti hasta el día de su muerte. —Casi me ahogo, sabiendo que Daniel haría precisamente eso. Mientras que Carter ni siquiera me dirá que me ama. No debería importarme tanto como lo hace. Pero no escuchar esas palabras de él… mató una parte de mí que no creo que vuelva a respirar.

Un bostezo se arrastra y el cansancio y el peso de

todo lo que pasó hoy, cada pérdida, cada fracaso, me hace desear dormir.

Podría dormir para siempre si el sueño me quitara este dolor.

—No era mi intención meterme en todo eso —me dice Addie, moviéndose de la cama y cepillando su cabello hacia un lado. Se pasa los dedos por el pelo mientras me dice—: No dormí y me preguntaba si tenías ese frasco.

Levantándome del tocador, dejo el teléfono en la parte superior de madera gastada y me dirijo a la cómoda. Esta noche está tan silenciosa, solo cuando abro el cajón de la cómoda y escucho el tirón me doy cuenta de que no puedo escuchar los grillos. Ha habido grillos las últimas dos noches, tan fuerte que tuve que fingir que me cantaban una canción de cuna para poder dormir.

Con el frasco en mi mano, cierro el cajón con un ruido sordo y miro por la ventana.

—¿Está tan oscuro esta noche, no? —le pregunto a Addison, la fina cortina rozando mis dedos antes de tirarla hacia atrás y enfrentarla.

—Lo está. Tal vez mañana veamos las estrellas —ella dice con un toque de sonrisa en los labios.

—Dulces sueños. —Las palabras se me escapan

mientras le paso el frasco y ella me da las buenas noches.

Mientras me deja sola en la habitación oscura y silenciosa, no puedo evitar sentir que es la última noche en que le diré buenas noches. Algo dentro de mí, algo que enfría cada centímetro de mí, está seguro de ello.

Las mantas crujen cuando las aparto y me meto en la cama. Las acerco más a mí, todo el camino hasta mi cuello y miro el pomo de vidrio en la puerta rezando para que el sueño me lleve, pero los nervios dentro de mí se arrastran por mi estómago, de una manera que me hace sentir mal y no importa cuán fuerte sostenga las mantas, estoy helada. Especialmente los dedos de mis pies.

Casi me levanto para ponerme los calcetines, casi. Pero no puedo. Un miedo infantil y un sentimiento profundo en mi alma quieren que me quede donde estoy y escucho ese miedo, lo obedezco.

Hasta que mis ojos cansados ardan y la oscuridad se cuela.

Justo cuando cierro los ojos, sintiendo el respiro del sueño fluir sobre cada centímetro de mí, creo que escucho que la puerta se abre, pero cuando abro los ojos, está cerrada. No hay nadie aquí.

Es solo la oscuridad y la tranquilidad... los signos de soledad que me acompañan esta noche.

* * *

Los gritos de Addison me arrancan de mi sueño. Mi corazón late contra mi caja torácica cuando la escucho gritar de nuevo.

El reloj de la cómoda me parpadea; han pasado horas y debo haberme quedado dormida.

Mis piernas se sienten pesadas mientras lucho con las mantas para moverme lo suficientemente rápido, para salir e ir hacia Addie.

Respirando hondo, llego a mitad de camino hacia la puerta antes de que se abra de golpe. Los ojos de Addie están muy abiertos, su rostro pálido y su cabello un halo desordenado alrededor de su cabeza.

—Aria —grita mi nombre, atrayéndome con fuerza hacia ella, tan fuerte que me quita el poco aliento que hay en mis pulmones, pero la forma en que tiembla, la forma en que sus uñas se clavan en mí, sé que algo anda mal.

—Él estuvo aquí —susurra con una voz empapada de terror. —Lo sentí.

Gime, alejándose de mí para cerrar la puerta de mi habitación.

Cuando se aleja de mí, casi choca conmigo y se sobresalta cuando tomo su mano con cuidado.

Su miedo es contagioso y lucho por mantener la calma, pero sin tener idea de lo que está hablando, tengo que preguntarle—: ¿Quién? ¿Quién estuvo aquí?

—Tyler —me dice y luego las lágrimas brotan de sus ojos. No parpadea, me mira fijamente, deseando que le crea mientras lágrimas ruedan por sus mejillas —. Tyler... se sintió tan real. Él estaba allí, Aria. Lo sentí.

La piel de gallina recorre cada centímetro de mí y la misma frialdad que pinchó la parte posterior de mi cuello cuando vi que el rey de bastos permanecía allí una vez más.

—¿Tyler? —La interrogo, sabiendo que Tyler es el quinto hermano de Cross. El más joven. El que murió.

—Fue tan real —me dice mientras agarra mis muñecas con fuerza.

Demasiado duro. Aunque duele, no me aparto; no puedo.

—Está enojado —dice ella, y sus palabras son roncas y silenciosas. La intensa mirada en sus ojos se niega a dejarme sentir nada más que la sinceridad y la desesperación en sus palabras.

Apurando sus palabras, me dice—: Al principio, solo me abrazó y juro que lo sentí. Podía sentirlo abrazándome con tanta fuerza. —Me suelta para cubrir sus ojos mientras cae de rodillas llorando cada vez más fuerte, pero no deja de contarme lo que pasó.

—Me abrazó y me dijo que todavía me ama. Dijo que está bien amar a Daniel. Él todavía me ama y se quedará conmigo. Pero Aria —finalmente me mira con los ojos enrojecidos—, él está enojado porque nos fuimos. Él nunca se enojaba. Tyler nunca se enojaba y dijo que teníamos que volver. Me agarró de los brazos. Me hizo prometerlo.

Jadea por respirar mientras se agarra a sus propios brazos, todavía de rodillas y temblando de miedo.

Mis propias piernas están débiles cuando me bajo al nivel de sus ojos. Mis rodillas golpean el frío suelo de madera. Agarrando sus hombros suavemente, espero a que ella me mire a los ojos.

—Fue un sueño —le digo, y ella niega con la cabeza.

—Fue tan real.

—La droga —trato de decirle, pero ella niega con la cabeza más fuerte, su cabello agitándose brutalmente alrededor de sus hombros.

—Me dijo que te dijera algo. —Parpadeando para quitarse las lágrimas, solloza y me dice—: Dijo que te aferrarás a él tan fuerte como puedas, o él morirá.

Mi sangre se congela cuando la miro a los ojos.

Recuerdo la pesadilla que tuve. Solo fue un sueño.

Es solo un sueño. Pero no sé cómo convencerla.

—Me dijo que me fuera y tengo que hacerlo —me dice en un susurro—. Tengo que volver.

El remordimiento en el aire entre nosotras es palpable. Y mi corazón se hunde más.

No digo una palabra, solo la aprieto contra mí, apretándola hasta que el sonido de la puerta del dormitorio abriéndose nos asusta a las dos.

Todavía tengo el estómago en la garganta cuando veo a Eli en la puerta, su figura negra y recortada por la luz del pasillo.

—Escuché gritos y subí a tu habitación —respira con dificultad y luego entra, una mirada de alivio se posa en su rostro—. Cuando llegué allí, estaba vacía. Me asustaste, Addison.

El acento de Eli es más notorio mientras se pasa la mano por la cara, el sueño y la preocupación son evidentes en sus ojos inyectados en sangre.

Addison no me suelta, no se mueve. Todo lo que hace es mirarlo en silencio.

—¿Estás bien? —él le pregunta, y ella niega con la cabeza.

Su voz gruñe cuando comienza a decirle, pero luego me mira.

—Quiero irme…

Ella sostiene mi mirada y le ofrezco una pequeña sonrisa, aprieto su mano y me siento sobre mis talones para decirle—: Vete.

—¿Qué está pasando? —Eli pregunta y Addison me abraza con fuerza. Las lágrimas no se detienen cuando susurra—: Ven conmigo, por favor.

La idea de volver con Carter…

—Él no me ama —es todo lo que puedo decirle, sintiendo que el último pétalo se marchita y muere dentro de mí—. No hay nada para mí allí.

Su mirada no deja la mía. Incluso mientras Eli camina más cerca de nosotras, elevándose sobre nosotras y esperando una respuesta.

—Mañana —ella susurra y luego me abraza por última vez. Puedo sentir sus lágrimas en mi hombro y me prometo recordar esto. Compartiremos una amistad para siempre, incluso si nunca nos volvemos a ver.

Rompe el abrazo antes de que esté lista para soltarme, se pone de pie y se alisa el camisón antes de secarse las lágrimas bajo los ojos.

Frotándose el brazo y con aspecto avergonzado, le dice a Eli—: No quiero dormir.

Ella pasa a su lado antes de que él pueda decir algo más, deslizándose hacia la luz amarilla que entra a raudales en la puerta y yendo a la derecha en lugar de a la izquierda, dirigiéndose a la cocina, lejos de su dormitorio.

—¿Se encuentra ella bien? —Eli me pregunta en un tono que sugiere que realmente necesita saber; él está realmente preocupado por ella.

Siento el dolor en lo más profundo de mi cuerpo mientras me pongo de pie con piernas temblorosas, todavía con frío, todavía cansada y en lo más profundo de mis huesos, asustada. No me gustan las pesadillas que trae esa droga.

Aférrate a él tan fuerte como puedas o él morirá.

Un escalofrío recorre mi piel y miro a Eli a los ojos para decirle—: Ella acaba de tener una pesadilla. Fue solo una pesadilla.

No habla por un momento y miro por encima de mi hombro para ver la hora, son más de las tres y solo quiero unas horas de sueño.

—Deberías quedarte con ella —le ofrezco, queriendo estar sola y su frente se arruga con una pregunta que no hace.

Se queda ahí un segundo más de lo que me gustaría, así que miro hacia la puerta intencionadamente y luego de nuevo a él.

—Nunca puedo leer bien sobre ti —dice Eli y casi se da la vuelta para irse, pero lo detengo.

—¿Qué significa eso?

—No sé dónde estás parada y eso te hace...

—¿Me hace qué? —Lo presiono para que continúe, aunque hay una amenaza en la forma en que lo digo. Los días en que él me protege son pocos. Sé dónde estaré cuando mi padre muera. No es mi amigo. Soy lo suficientemente inteligente para saber eso.

—Te hace peligrosa. Me hace no confiar en ti porque no sé a quién defiendes o en contra de quién estás.

—Represento a mucha gente. Los únicos contra los que me enfrento son los que se interponen en mi camino. —Lo acompaño a la puerta, lo miro a los ojos y le digo—: Recuerda eso.

Antes de cerrar la puerta y tratar de deshacerme de la sensación enfermiza y vacía que crece dentro de mí.

CARTER

poyado en la barandilla al pie de las escaleras, sigo oyéndola decir la mentira.

Él no me ama.

Para mí es una mentira, pero tal vez ella realmente lo cree.

—Ciertamente ella tiene una forma de ser —murmura Eli mientras se pellizca el puente de la nariz y se sienta lentamente al pie de las escaleras.

—Esa es una forma de decirlo. —Mi expresión es inmóvil y no puedo controlar el ceño fruncido. Tragar el nudo en mi garganta es doloroso.

—Estoy cansado —él murmura, y entonces le digo que se vaya a la cama.

—¿Te quedas aquí? —pregunta y yo asiento. No puedo moverme después de escucharla decir eso. El grito de Addison me despertó, pero ella era más rápida que yo. No pude escuchar todo, pero entendí la esencia: Addison quiere regresar y Aria no.

Mi corazón se siente como si hubiera sido pisoteado, atropellado por un tanque y luego abandonado por sobras en la alcantarilla sucia.

—No sé qué hacer con ella —hablo en voz alta, sin gustarme a dónde van mis pensamientos. La quiero de vuelta en la celda. El núcleo de mi alma me grita que la ponga allí. Ella estará a salvo y me perdonará con el tiempo. Ella tiene que hacerlo.

—¿No confías en ella? —él pregunta y me mira y espera mi respuesta.

—Confío en saber lo que ella pueda hacer. —Me concentro en mantener mi respiración constante mientras escucho a Addison arriba, abriendo el grifo de la cocina. Nuestras voces no suenan fuertes, pero si ella quisiera, podría oírnos.

Eli suspira mientras asiente con la cabeza y se pasa la mano por la rodilla.

Odiaba a su padre cuando yo era niño. Lo odié por lo que me hizo. Lo odié por dejarme ir con vida. Lo odiaba por lo que le hizo a mi casa y lo que trató de hacerle a mis hermanos.

Pero nunca lo he odiado más ahora. Sabiendo que cuando le ponga una bala en el cráneo, la matará. Ya puedo ver cómo ella me mirará. Puedo sentir sus uñas clavarse en mi piel mientras me agarra. Puedo oírla gritar.

Ya puedo sentir su muerte apartándola de mí. Estamos colgando de un solo hilo y es por él. Mi mandíbula se aprieta y exhalo bajo y constante, mirando la moldura que recubre el hueco de la escalera a pesar de que siento los ojos de Eli sobre mí.

El silencio se prolonga hasta que le pregunto—: ¿Qué piensas de ella?

—¿De Aria?

Con un solo asentimiento, aprecio su expresión, su lenguaje corporal, su tono. Todo. No puedo explicar cómo cada vez que uno de mis hombres está junto a ella o la menciona o su nombre, no puedo explicar cómo la ansiedad me atraviesa. Ella es mi debilidad y no quiero que reciba nada más que respeto por ella. Respeto y miedo.

Pero dado todo lo que ha sucedido, no creo que nadie sepa qué pensar de ella o qué pensar de nosotros.

—Creo que tiene el corazón de una amante y el temperamento de una luchadora.

—Suenas como un verdadero irlandés —le digo mientras resoplo en respuesta a su respuesta.

Con su sonrisa sesgada, agrega—: No me gustaría

ser su enemigo y creo que ustedes dos... juntos, es algo que será temido.

—Yo tampoco querría ser su enemigo —digo rotundamente mientras mi estómago se hace un nudo y mi garganta se aprieta.

Pero yo lo soy. Y siempre lo seré.

No es ella quien hace que sea imposible estar juntos.

Tampoco soy yo.

Nunca tuvimos la oportunidad. Mi mirada cae mientras controlo el entumecimiento que pincha mi piel. La deseaba tanto que no me atrevía a mirar más allá del deseo por ella y ver los desafíos arraigados en nuestras almas.

Puede que ella intente amarme, pero siempre me odiará.

—¿Crees que sabes lo que hará después de mañana? ¿Cuándo estén todos muertos? —él susurra su pregunta y yo asiento, sintiendo el insoportable nudo retorcerse aún más. Con los medios de comunicación alborotados, la policía no espera mucho más. Les prometimos que mañana sería el último día en que necesitábamos que se quedaran en el lado oeste mientras invadíamos desde el este. Una sola bala en la cabeza de Talvery y sus grupos caerán.

Mañana voy a asesinar a su padre.

—Creo que ella me va a matar. Y creo que se odiará a sí misma por eso, pero sentirá que era lo que tenía que hacer. —La mirada de Eli cae y mi estómago se hunde con ella. Mis dedos están tan entumecidos que tengo que apretar y relajar mi mano repetidamente, pero no funciona para devolverle la vida.

—Eso es... un... —no responde.

—Estoy eligiendo ser su enemigo y quitarle todo. No importa si ella cree que me ama. —La frialdad se extiende por mi pecho como hielo crepitante—. El odio es más fuerte.

Me sorprende lo fuertes e implacables que son mis palabras.

—Ella querrá vengarse por lo que voy a hacer. Yo también lo querría.

Eli mira por encima del hombro y por el pasillo, hacia la habitación de Aria.

—¿Es por eso por lo que no has ido con ella?

Sin confiar en mí mismo para hablar, solo asiento. No puedo mirarla a los ojos y confesar lo mucho que ella significa para mí, sabiendo lo mucho que voy a lastimarla mañana.

No le haré eso. No soy tan cruel.

¡Pum, pum, pum, pum!

La adrenalina se dispara desde los dedos de los

pies hasta mi centro, congelando mi cuerpo y luego calentándolo todo a la vez con el sonido de las armas que se disparan en la distancia. Mi agarre en la barandilla es blanco mientras Eli se pone de pie y habla claramente en el dispositivo en su muñeca.

—¿De dónde vienen? —él pregunta, y pongo las cámaras de vigilancia en mi teléfono, mientras escucho. Parece que vienen de unas cuadras de distancia y en segundos puedo ver dos autos bloqueando la carretera y hombres asomados a las ventanas.

—Este —responde Eli, pero yo ya lo sé. Mi corazón late con más fuerza y la sangre se alimenta de la necesidad de reaccionar. Agarrar el duro metal de una pistola en mi mano y sentir el culatazo de nuevo en mi palma después de apretar el gatillo.

Puedo escuchar a los hombres gritando desde la calle y las balas disparando mientras mi sangre se calienta. Tres cuadras como máximo.

Una sonrisa enferma suplica que tire de mis labios. Debería haber sabido que Talvery respondería imprudentemente. Enviando lo que queda de sus hombres a sus funerales.

Las voces suenan claras en el auricular de Eli:

Disparos en Main Street.

Cuatro hombres en Abbey Road.

Dos carros subiendo por Dorset.

—Cierren Fourth Street; haz que entren a pie y no dejen de disparar. —Le doy la orden a Eli y él repite lo que dije palabra por palabra.

Las armas suenan como fuegos artificiales y los pasos duros de Addison atraviesan el pasillo. Pronto golpeará la puerta de Aria.

Subiendo las escaleras de dos en dos, me agarro a la barandilla y llego a ella lo más rápido que puedo. Mis pulmones se agitan cuando llego a su puerta.

—Quédate ahí y cierra la puerta. No la abras para nadie más que para Eli. —Todas las palabras salen a trompicones en un solo suspiro y ella me mira por un momento, sin aliento y vacilante antes de asentir.

Mi corazón late con tanta fuerza, más fuerte de lo que lo ha hecho en mucho tiempo. Me toma un momento darme cuenta de que se debe al miedo. El miedo muy real de perder a Aria.

—No dejaré que nada les pase a ninguna de las dos —digo y miro a los ojos de Addison y deseo que sean los de Aria. Ella está detrás de la puerta y me atrae. Me duele el cuerpo sabiendo que está tan cerca, pero me niego a entrar allí.

Si lo hago, no sé cómo la dejaré.

—Quédate en su habitación. —Apenas doy la orden en voz baja, pero Addison me escucha. Por un momento, me pregunto si Aria me escuchó detrás de la puerta. Mi pajarillo.

Mi garganta se aprieta mientras Addison abre la puerta antes de retirarse detrás de ella. Ella no me dice una palabra.

Ni una sola palabra.

Todos los músculos de mi cuerpo están tensos y en desacuerdo con lo que necesito hacer.

Los sonidos apagados de un hombre gritando y los disparos continuos son acompañados por Eli gritando demandas en el piso debajo de nosotros.

Intento calmarme y convocar a mi lado despiadado que terminará esto tan rápido como comenzó.

Las balas resuenan con claridad. Armas automáticas que atraviesan los ladrillos de casas y carros metálicos. Las ventanas se rompen y los hombres gritan.

Entonces, me muevo.

Rápidamente y con determinación bajando las escaleras.

Mi estómago se aprieta y es la primera vez que puedo recordar dónde había tanto en juego. Donde mis pensamientos se debaten entre táctica y emoción.

Entre luchar por robarme a la mujer que amo y correr lo más rápido que puedo.

—Trae todos los carros y bloquea todas las calles —le ordeno a Eli mientras saco mi teléfono para enviarle un mensaje de texto a Daniel y decirle dónde está Addison. Lo último que supe de él es que estaba tratando de ponerse en contacto con Marcus y averiguar todo lo que pueda sobre el hijo de puta que mató en Iron Heart.

Mi corazón late con fuerza y mis músculos se tensan mientras escucho atentamente cada palabra que sale del auricular mientras cambio a las pantallas de vigilancia y veo cómo se desarrolla todo.

Necesito moverme. Estar parado aquí me está matando, pero tengo que recordarme a mí mismo que esto es una guerra y los señuelos son comunes. No me engañarán como Talvery.

Tres calles de dos lados están siendo atacadas, dos una encima de la otra al este y una más al oeste de esta casa.

—Llegaron a tres calles a la vez.

—¿Tenemos un recuento de cuántos hombres están disparando? —Necesito números. Talvery no puede tener más de cincuenta hombres.

El auricular de Eli zumba y se necesita todo en mí para no arrancarlo y tomarlo para mí.

—Parece que son unos treinta.

—Pueden ser distracciones, golpear los dos lados

y dejar el lado sur intacto. No muevan a los hombres del lado sur.

—Sí, señor —responde Eli, hablando por el dispositivo.

—Cuenta de nuestros hombres —grita Eli la orden antes de transmitir lo que dije. Tengo cincuenta hombres contra sus treinta. Cincuenta bien armados y vigilados, pero dispersos.

Dos hombres caídos.

Un hombre caído.

Estamos aguantando.

Miro mi teléfono, esperando que Daniel responda, pero no obtengo nada. ¿Dónde diablos está él?

—Tres en total, jefe —la voz de Eli es tensa mientras agarro el teléfono con más fuerza y le grito internamente que me diga dónde diablos está. Los cordones de su garganta se tensan mientras rasga el velcro de su pistolera, moviéndolo hacia un lado y revisando su munición.

Tres hombres muertos.

Tres hombres más muertos.

—Mátalos a todos —grito, sintiendo que la rabia se vuelve incandescente. Mi cabeza se siente ligera mientras respiro hondo.

—Tú y Cason quédate con las chicas —doy la

orden mientras mi teléfono suena y Jase me dice que está cerca y que viene por el lado sur y ya les dijo a los guardias allí.

Su mandíbula está dura y apretada, y sé que quiere estar ahí, pero lo necesito aquí.

—Ustedes dos permanezcan aquí. —Endurezco mi voz y lo miro a los ojos hasta que asiente.

Empujando mi teléfono en mi bolsillo trasero, alcanzo mi arma y luego paso a Eli a la habitación trasera donde se almacenan las otras armas mientras me dice—: Sí, jefe.

Necesito hombres con ellos que sepan cuándo irse.

La habitación trasera tiene estantes de armas y elijo entre los estantes de metal que me brillan, agarro uno y lo empujo con las municiones en la cintura de mis pantalones antes de tomar otro.

Talvery está en la acera. No hay forma de que entre y todo este terreno es seguro. Pero no es impenetrable. Lo he hecho antes. Sebastian lo sabía cuándo construyó este lugar.

Con el tiempo corriendo y las balas disparando cada minuto, doy la espalda al arsenal y me preparo para unirme a mis hombres. Solo me detengo para decirle a Eli una cosa—: El sótano tiene una salida subterránea. El código es seis, catorce, ocho, ocho. Repítemelo.

—Seis, catorce, ocho, ocho. —Es rápido en responder, pero puedo ver el desafío en sus ojos.

—No lo olvides, y si yo…

—Tenemos suficientes hombres —me interrumpe Eli y lucho por contener la ira—. No hay forma…

—Si la hay —le digo mirándolo a los ojos mientras mis fosas nasales se ensanchan y mi cuerpo se calienta con la necesidad de devolver el golpe—. Llévatelas y cierra la puerta detrás de ti.

No espero a que responda, aunque cuando le doy la espalda y bajo las escaleras, le oigo decir que lo hará. El zumbido en mis oídos es como un ruido blanco mientras bajo las escaleras. Estoy listo con una pistola en mi mano derecha mientras miro hacia la puerta principal.

Rezo para que Talvery esté aquí en carne y hueso, listo para finalmente pagar por todos sus pecados.

—Carter —me llama Eli cuando llego a la puerta principal.

—¿Qué? —le grito, sintiendo la rabia, la inmediatez, el miedo incluso de perder hombres y protección para Aria y Addison.

—Tu casa... Él envió hombres allí. —Eli visiblemente traga mientras mi sangre se enfría.

—¿Mis hermanos? —le pregunto rápidamente, mi respiración se vuelve corta. La pistola en mi mano se desliza y la aprieto con más fuerza, rezando y tragando mi miedo.

—Jase dijo que vendrá —hablo mientras recuerdo el texto y Eli confirma con un breve asentimiento.

—Jase y Declan están juntos, están en camino y apenas se perdieron todo.

Daniel. Mi corazón late lento, tan lento que es doloroso.

—Tres bombas cayeron en el ala este. Y otras cuatro al ala sur y el garaje.

—¿Cuántos hombres han muerto? —La pregunta sale sin consentimiento consciente, todo lo que puedo pensar es en Daniel y la última vez que lo vi cuando me dijo que tenía planes con Addison.

—Seis, hasta ahora.

—¿Dónde está Daniel? —le pregunto, sintiendo la amenaza de un dolor que nunca podrá ser calmado rebosando dentro de mí.

—No lo sabemos.

ARIA

—Joder, joder —Addison se balancea hacia adelante y hacia atrás en la cama, con las piernas dobladas debajo de ella mientras las armas continúan disparando.

Los hombres gritan desde el piso debajo de nosotros y más allá de las calles.

—Nunca lo había oído durar tanto —susurro mientras me asomo a la noche negra. Observo cómo se encienden cada una de las farolas, una por una, rociando fragmentos de luz blanca antes de desvanecerse en la oscuridad.

La voz de Addison está tensa y cubierta de preocupación cuando pregunta—: ¿Por qué harían eso?

—Para que no puedan ver —le digo.

—Pero entonces nadie puede ver.

—Es un riesgo que decidieron que valía la pena correr. —Siento el entumecimiento fluir por mi sangre.

—¿Quién lo hizo? ¿Quién les disparó? —me pregunta como si lo supiera.

Los neumáticos chirrían en la distancia y el metal choca con el metal. Ella llora más fuerte, se deshace y luego revisa su teléfono nuevamente. Entierra la cara en las rodillas, meciéndose más fuerte.

—Podemos escondernos en el armario —ella ofrece, aunque sus palabras están llenas de pánico, y no sé si lo dice en serio o no—. Nos pondremos la ropa encima, la abrirán, pero no nos verán. Solía hacerlo cuando era más joven. No nos verán. No nos verán.

Ella no está bien, la forma en que se balancea, la rapidez con la que habla y la mirada de terror en sus ojos son signos claros. Ella está perdiendo la cabeza.

—Deberíamos habernos ido —ella gruñe con lágrimas en los ojos y el entumecimiento se convierte en un frío helado a lo largo de mi piel.

—Él nos dijo que nos fuéramos.

—Fue intuición, Addie —suspiro una excusa incluso cuando los disparos suenan más fuertes, más cercanos, la violencia se abre camino hacia la línea de meta.

—¿Dónde está Daniel? —Se cubre la boca mientras llora de nuevo y lucha por respirar.

No sé qué se apodera de mí cuando la veo marchitarse y disolverse en nada más que miedo y dolor, pero mi mano azota el rostro de Addison y ella me mira en estado de shock antes de mover lentamente la mano para cubrir la marca roja brillante.

Mi mano pica y mi corazón se tambalea por el temor de lastimarla y perder a una amiga, pero me acerco a ella, la agarro por los hombros y la miro a los ojos para decirle—: No moriremos así.

Su pecho sube y baja con una respiración pesada mientras espera que le cuente más.

—Vamos —le digo y tiro de su muñeca—. Nos vamos.

—Él nos dijo que nos quedáramos aquí —respira y deja que su mirada se mueva entre la puerta y yo.

—No me importa lo que dijo Eli. —La frustración, la ira, el terror y la falta de sueño, todo hace que mi cuerpo se sienta como si estuviera en llamas y como si estuviera perdiendo el control, pero levanto la voz para gritarle—: ¡Ven conmigo!

Mi garganta seca grita de dolor cuando trago y le digo—: Tenemos que correr.

Los disparos se hacen más fuertes desde el exterior y nos roban la atención. Se están acercando. Mi corazón late en mi pecho y el sonido de la puerta abriéndose detrás de mí nos hace gritar a las dos. El de Addison es estridente y tan afilado que casi me perfora el tímpano.

Cason se queda sin aliento mientras se dirige hacia nosotros y dice—: Vamos al sótano. —Addison niega con la cabeza violentamente y hace la única pregunta para la que ha estado orando para tener una respuesta—: ¿Dónde está Daniel?

La punzada en mi pecho golpea fuerte y siento que me ahogo mientras rezo para saber lo mismo, pero sobre Carter.

El teléfono está en silencio. Mi mensaje de texto sin respuesta.

¿Estás bien?

Es todo lo que quiero saber. Y él no responde.

—Al sótano. ¡Ahora! —Cason grita justo cuando

las balas pasan volando junto a nosotros. Las ventanas se rompen, los pequeños pedazos caen sobre Addison, que se cubre la cabeza con los brazos y se deja caer lo más lejos que puede sobre la cama. Caigo instantáneamente, tumbada en el suelo mientras contengo la respiración, demasiado asustada para moverme. Su agudo grito llena la habitación nuevamente mientras las balas rebotan y dejan un rastro de marcas de izquierda a derecha sobre la pared y la puerta del dormitorio.

Mis ojos llegan a Cason mientras se pone de pie. No se mueve. Nunca tuvo la oportunidad de moverse. Los agujeros de bala en su pecho sangran lentamente, el rojo brillante se difunde y se extiende como pinturas de acuarela sobre lienzo.

—No —suspiro.

Lágrimas pinchan mis ojos mientras su mano se mueve hacia uno de los pinchazos al mismo tiempo que cae de rodillas.

—¡Cason! —grito su nombre y lo alcanzo, pero es inútil.

Los disparos han cesado; fue una sola ristra de balas que resonó por toda la casa. Pero regresan de nuevo en segundos. Golpeándolo de nuevo en el cuello y la cabeza, los ojos cerrados antes de caer al suelo.

Addison no grita esta vez, aunque puedo escuchar sus sollozos desde donde estoy. Extendiendo la mano hacia ella, la tiro hacia abajo y juntas nos arrastramos boca abajo debajo de la cama.

—Daniel —Addison grita su nombre una y otra vez, con las manos entrelazadas mientras reza para que él esté bien.

No puedo respirar. Hace tanto calor y las balas llueven sin signos de ceder durante minutos. Pasa más tiempo sin nada. No hay señales de nada y es entonces cuando veo el arma en el suelo. El arma de Cason. Mientras me arrastro, Addison me agarra y me grita que no la deje. Mi corazón se tambalea ante el sonido de una puerta que es pateada abajo.

—Tranquila —la callo, poniendo mi dedo sobre mis labios y luego asintiendo con la cabeza hacia el arma. Con los ojos muy abiertos, me observa mientras salgo a gatas. El frío latir en mis venas se acelera cuando el sonido de un hombre subiendo los escalones se hace cada vez más fuerte. La puerta abierta del dormitorio muestra su sombra en el pasillo justo cuando alcanzo el arma con las yemas de los dedos.

El frío metal se desliza en mi agarre y el sonido de él deslizándose por el suelo desgarra mi mirada hacia la puerta. Sin mirar, agarro el arma y Addison me tira de nuevo debajo de la cama.

El arma es pesada, muy pesada en mi mano. Las manos de Addison cubren su boca mientras una sombra entra en la habitación. El suelo cruje con el peso del hombre y sus botas negras están salpicadas de sangre.

Agarro el arma con ambas manos mientras él da tres pasos agónicamente lentos más cerca del cuerpo de Cason, justo antes de darle una patada en el hombro con la bota para ver su rostro.

Inclinándome, vislumbro parcialmente al hombre mientras roba el teléfono de Cason de su bolsillo. El miedo es paralizante. No puedo respirar. No puedo hacer nada.

Mi mirada se mueve hacia el tocador y puedo ver mi reflejo, pero también puedo ver el del hombre mientras frunce el ceño ante el cadáver de Cason y levanta su arma hacia su cabeza.

¡Pum, pum!

El arma se dispara y Addison se sacude cada vez, sus ojos se cierran con fuerza y sus manos presionan más fuerte contra su boca.

Mi corazón martillea, rezando para que no la escuche, pero no importa si lo hizo o no, porque los ojos del hombre llegan a los míos en el espejo. Frío y oscuro, con arrugas que delatan su edad. Lleva la misma sudadera con capucha negra que el hombre al que maté antes, y sé que este hombre no es uno de los hombres de mi padre.

Los ataques allá afuera, creo que son de mi padre. Pero los hombres que han llegado a la casa segura... no lo son.

Él es más rápido que yo, da un gran paso y me agarra de debajo de la cama. Su agarre en mi antebrazo izquierdo es paralizante y casi dejo caer el arma. Mi espalda se rasca contra la parte inferior de la estructura de la cama de alambre y el dolor me obliga a gritar.

Mi dedo está en el gatillo y no puedo hacer que se active. Lo jalo una y otra vez.

—El seguro. —La voz de Addison es ronca y las palabras salen a través de los dientes apretados.

Se agacha con la otra mano, agarra mi otra muñeca y es entonces cuando Addison me arranca el arma y dispara. El calor del cañón de la pistola me quema la piel y grito de dolor.

¡Pum! ¡Pum!

Ella aprieta el gatillo una y otra vez mientras mi lado izquierdo cae al suelo sin el agarre del hombre.

Puedo oír el grito ahogado de Addison y el ruido de la pistola mientras los ojos blancos muertos del hombre me miran fijamente.

Mi pecho hueco se destripa mientras lo miro y

luego hacia la puerta. Mi corazón late demasiado fuerte para escuchar algo y tengo que tragar y parpadear para alejar el miedo de agarrar el arma que Addison dejó caer y apuntar a la puerta.

Me acuesto medio debajo de la cama, medio fuera, con una quemadura en el antebrazo y espero. El tiempo pasa rápido, tan rápido como mi sangre corre por mis venas.

—Está muerto —susurra Addison una dolorosa verdad.

—Lo maté —susurra.

—Tranquila —la callo—. ¡Tienes que estar tranquila!

Los latidos de mi corazón se ralentizan cuando me doy cuenta de que el hombre casi me atrapa y ella me salvó.

—Me salvaste —le susurro con lágrimas en los ojos, aunque miro al frente.

—Lo maté —dice ella en un susurro áspero.

Solo entonces me doy cuenta de que está en silencio una vez más. Sin disparos. Ni de fuera ni un sonido dentro de la casa.

Escucho con atención y escucho carros afuera a unas pocas cuadras más abajo, pero no tienen prisa y los neumáticos no chirrían. Levantándome lentamente, casi grito cuando Addison me agarra el tobillo.

—Mierda —apenas pronuncio la palabra por encima del duro latido del miedo en mi pecho.

—¿Es seguro? —Addison pregunta y le digo la verdad—: No lo sé.

Es difícil contener el terror, incluso cuando no existe un peligro presente. Mi mirada no abandona la puerta mientras me arrastro hacia la ventana. Incluso mientras me levanto lentamente y corro la cortina muy suavemente, no me atrevo a apartar los ojos de la puerta durante unos minutos más.

No hay más disparos y luces dentro de las casas que ahora están negras. Un carro pasa con sus faros y veo a unos hombres que reconozco en una calle.

—Creo que se acabó —le susurro, pero sigo gateando para alcanzarla—. Toma el arma.

Se la pongo en la mano y cuando ella objeta le digo que voy a desarmar al muerto.

—Voy abajo. —Con mis palabras, los ojos de Addison se agrandan y agarra mi muñeca con una fuerza dolorosa. Mi respiración todavía es inestable y mi corazón tampoco encuentra una cadencia normal.

—Tengo que asegurarme de que todo está bien. Voy a encontrar a Eli— le digo, y la mención de Eli parece calmarla. Sus mejillas están rojas y las lágrimas aún persisten en sus ojos.

—Quédate aquí —le susurro y pongo mi mano sobre la de ella. La aprieto una vez antes de dejarla, arrastrándome junto al muerto y llevándome su arma. No me paro hasta que paso la puerta. La sangre cubre mis pantalones de pijama desde donde me arrastré a través de ellos. De pie fuera de la puerta y mirando fijamente la escalera, respiro profundamente una y otra vez, tratando de calmarme.

Pequeños fragmentos de vidrio perforan mis antebrazos y los destaco, haciendo una mueca de dolor. El dolor no es nada con toda la adrenalina corriendo a través de mí, pero, aun así, estoy hipnotizada por el rojo brillante y la evidencia de lo que acabamos de pasar.

En el momento en que cierro los ojos, un teléfono suena detrás de mí.

Suena, suena y mi corazón se estremece en mi pecho. Un estremecimiento como si volviera a la vida.

—Daniel —la voz de Addison suena clara, en el momento en que pienso en el nombre de Carter.

Mi garganta se seca cuando trago y la escucho decirle lo preocupada que estaba.

Carter no llamó.

No es Carter.

Se necesita todo en mí para dar un paso adelante. El sentimiento de pérdida corre profundo en mi sangre y lucho por mantenerlo junto. Un paso pesado tras otro, con la pistola en mi mano derecha y mi mano izquierda agarrada a la barandilla, bajo los escalones en silencio, escuchando los débiles sonidos de Addison desde el dormitorio y nada más en la casa.

Puede que no haya sentido nada por el hombre que maté en el piso de arriba, nada más que odio, y menos que eso por el otro hombre con la misma sudadera negra con capucha que murió hoy, pero mientras me paro junto al cadáver de Eli en el vestíbulo, lloro.

Sollozos fuertes que me ponen de rodillas y me roban el calor del cuerpo.

No puedo respirar cuando mis dedos temblorosos tocan su garganta, buscando un pulso, pero no lo encuentro.

Mis pies patean y me arrastro hacia atrás, lejos de su cuerpo hasta que mi espalda golpea la pared.

Cubriendo mi rostro con el hueco de mi brazo, no puedo dejar de llorar.

Su vida fue desperdiciada en la mía. La vida de Cason desperdiciada por la mía.

¿De cuánta muerte puedo ser responsable antes de perder cualquier amor que pueda tener por mí misma?

La apertura de la puerta trasera, el golpe de la perilla contra la pared me obliga a guardar silencio. Aguanto la respiración y me arrastro hasta la otra esquina mientras los pasos se aceleran.

—Joder, no —la voz de Daniel llega al vestíbulo cuando llega a Eli—. Mierda.

Susurra la palabra con verdadero duelo antes de que sus pasos pesados lleguen a las escaleras.

—¡Addison! —él grita su nombre cuando mi cabeza golpea la pared y mi respiración se hace entrecortada y bruscamente.

La puerta trasera sigue abierta, el viento atraviesa la casa y el aire fresco me llama como una sirena.

Estoy entumecida mientras me pongo de pie y me dirijo a la puerta, con árboles alineados en la parte de atrás del patio, está completamente oscuro, pero puedo ver que no hay nadie aquí.

No hay nada aquí.

Nada más que la oscuridad y el silencio mientras doy un solo paso. Y luego otro mientras el frío fluye por mi piel. Y otro.

Los pensamientos de cómo la vida ha caído en espiral desde que vi a Carter Cross corren por mi mente o tal vez desde que él me vio. Es difícil saber cuál, es la verdad.

Los pensamientos me consumen mientras respiro el aire frío.

Los pensamientos... y luego el pecho duro que golpea mi espalda contra él y la mano grande que cubre mi boca mientras grito.

CARTER

Reconozco algunas de estas caras. Hombres que me miraron desde la distancia con odio, pero que no tuvieron las pelotas para apretar el gatillo. He pasado a muchos de ellos en las esquinas de las calles mientras pasaba por Carlisle y, a veces, en territorio de Talvery a lo largo de los años.

¡Pum!

Me he imaginado los agujeros de bala en sus frentes durante años.

Mi sangre resuena de ira mientras apunto con el gatillo a un hombre encorvado detrás del carro y esperando de espaldas a mí a que uno de mis hombres entre en su vista. Ni siquiera lo verá venir. *¡Pum!*

El iPad de Declan muestra cada una de las calles, llena de cadáveres acribillados por agujeros de bala, vidrios rotos y casquillos que han robado decenas de vidas esta noche.

La guerra tiene un costo considerable y es repugnante, pero alimenta mi necesidad de venganza.

—Cuatro más en Second Street —Declan habla por su micrófono.

Jase y yo lo observamos atentamente y estamos atentos a cada lado del edificio detrás del cual estamos apostados. Declan hace trampa en la guerra, usando una vigilancia que no permite que un alma se esconda.

—Directamente desde el letrero de la calle, diríjanse por el lado derecho de la calle y recójanlos por la parte de atrás. Están detrás de...

Los disparos suenan y miro la pantalla para ver a cada uno de los cuatro girando demasiado tarde. Sus armas apuntan en el aire, apuntando, pero demasiado lentas para hacer algo antes de que sus cuerpos caigan.

El aire de la noche está tranquilo.

No han pasado más de treinta minutos desde que me fui, pero darme cuenta de cuánto tiempo ha pasado desde que escuché una palabra sobre Aria envía un temblor de terror a través de mí como una ola lenta.

—Todavía tenemos los dos —me recuerda Jase y tira de mi brazo para seguirlo.

Solo quedan dos de los hombres de Talvery. Pero él no estaba entre ellos y tampoco Nikolai.

El pensamiento me recuerda a Aria, llorando en la cama mientras confesaba que nunca me perdonaría si los mato. Qué fácil habría sido para los dos morir esta noche a manos de otros hombres.

Tragándome el pesar, reviso mi teléfono y veo el mensaje de texto de Cason que dice que están seguras y protegidas. Lo envió hace solo diez minutos. *Ella está a salvo*. Y en este momento, ella todavía está a mi alcance. Eso es todo lo que importa.

No me di cuenta de que había estado conteniendo la respiración hasta que leí ese mensaje y luego el siguiente, un mensaje de texto de Daniel que decía que estaba casi en la casa segura.

Ve directamente a ellas, le envío un mensaje de texto y luego agrego: *Se acabó. Solo queda un mensaje por enviar*.

Jase está mirando por encima de mi hombro y su labio se contrae mientras murmura—: mensaje para enviar. —Y luego patea la puerta trasera, una puerta llena de agujeros de bala. Revela a dos hombres de rodillas con una fila de mis hombres detrás de ellos.

—¿Cómo se llamaban? —Mi voz brama en la pequeña habitación que parece que alguna vez fue utilizada para entretenimiento. Una estantería rota se encuentra en la esquina trasera izquierda, los juegos de mesa se desparraman por el suelo y la pantalla del proyector está llena de pequeños agujeros.

Casi todas las casas de este bloque y el siguiente serán así. La gente fue expulsada hace dos días, sobornada o amenazada con irse, el método que fuera más efectivo.

Jase se agacha frente a uno de los dos hombres y dice—: Si yo fuera tú, le respondería a mi hermano. —El hombre detrás de él, el que apunta con un arma a nuestro cautivo, suelta una risa áspera y el hombre a su lado lo sigue.

—Vete a la mierda —dice el anciano. Está de rodillas y doblado así hace que su estómago parezca aún más grande. Debe de tener cuarenta y tantos años y, mientras escupe a los pies de Jase, las arrugas de su rostro se tensan. Casi se cae sin poder extender las manos frente a él; están esposados a la espalda, al igual que su amigo a su derecha.

Jase se levanta y se mueve hacia el siguiente

hombre, pero cuando lo hace, mi corazón da un vuelco y una sensación de malestar se extiende por mis venas.

—¿De dónde sacaste esa sudadera con capucha? —le pregunto y me acerco a él, lo suficientemente cerca para agarrar su cuello y levantarlo para mirarlo a la cara.

Es más joven con ojos brillantes y labios finos. No dice nada, pero hay un atisbo de sonrisa en sus labios como si supiera un secreto que yo no.

—Tú —mi voz sale áspera mientras dejo caer al imbécil en la sudadera con capucha negra y lo dejo caer con fuerza al suelo. Él suelta una carcajada, lo agarro por los puños en parte de atrás de su cabeza con mi otra mano.

—¿Cómo se llama? —Aprieto la pregunta y sacudo al anciano, repitiéndome en un grito que me desgarra la garganta cuando no responde—. ¡Cual es su nombre!

—¡Joder, no lo sé! —El hombre me mira como si me hubiera vuelto loco mientras respiro con dificultad, casi jadeando.

—Este es un Talvery —dejo caer al anciano y me muevo hacia el de la sudadera con capucha, aquel cuyos ojos no son más que un pozo de oscuridad.

—Este es contratado —hablo mientras me agacho frente a él, sintiendo mi corazón acelerarse.

—Talvery no necesita contratar a nadie. —El anciano habla hasta que su verdugo dispara una ronda y el clic lo calla.

—¿Dónde encontraste a este? —le pregunto al hombre que está detrás de él. Cuando miro hacia arriba, veo que es Logan.

Mira a su izquierda y luego a su derecha, tartamudeando para responder.

—Logan —me paro lentamente—. ¿De dónde vino este?

—Estaba dentro de la línea, disparando al objetivo, señor —habla otro hombre.

—¿El objetivo? —Mi corazón late con fuerza, pero me recuerdo a mí mismo que Daniel debería estar allí.

—La casa de seguridad —aclara el soldado.

Un frío entumecimiento me recorre cuando el hombre de la sudadera con capucha negra, apenas de rodillas, dice—: Mi compañero entró y terminó lo que comencé.

Me vuelvo hacia mi hermano, que ya está hablando por teléfono.

—¿Dónde está Daniel? —le pregunto mientras mi pecho jadea por aire. Aprieto el arma con más fuerza y cuando el hijo de puta se ríe de mí, una risa profunda que me congela la médula de los huesos y llena la habitación, la azoto por la cara, sintiendo la fuerza astillarse en mi mano.

—Confirmado el hombre muerto en la casa de seguridad, con una sudadera con capucha negra —la respuesta de Jase alivia el miedo, haciendo que mi rabia hierva a fuego lento.

—¿Está muerto? —Le pido a Jase que me lo cuente de nuevo mientras el alivio me provoca.

—Addison dijo que Aria le disparó.

—Ella nunca deja de sorprenderme. —Por mucho que me llene el orgullo, no hay nada más que rabia que se muestra. Ira porque se acercaron a ella. A mi pájaro cantor. Se acercaron lo suficiente para lastimarla. Mis puños se aprietan con fuerza, extendiendo la fina piel sobre mis nudillos mientras inhalo lenta y profundamente, sin ver nada más que rojo.

—Daniel subió por el lado sur, donde había menos acción y ahora está con Addison.

Escucho las palabras de Jase, lo sé, pero no se registran.

Este hombre con la sonrisa enfermiza en sus rodillas frente a mí conspiró para lastimarla. Mi estómago se revuelve al pensar en lo poco que

Addison y Aria escaparon de ser lastimadas, o algo peor.

El primer puñetazo en su mandíbula, ni siquiera me doy cuenta, viene de mí. Ni siquiera cuando la piel de mis nudillos partiéndose envía un dolor a mi brazo. Una y otra vez, aterrizo golpes en su rostro, escuchando el crujir de los huesos en el silencio ensordecedor que llena la habitación.

El pulso de mi sangre acelerada es todo lo que puedo escuchar. Eso y el sonido del hombre escupiendo sangre por el suelo mientras lo agarro por el cuello y lo pongo de espaldas para agacharme encima de él. Con sus manos esposadas detrás de él, su espalda se arquea e intenta rodar hacia su costado, apretándose y tirándome dagas a través de sus ojos entrecerrados.

—¿Quién te contrató? —grito la pregunta y pasa un latido, luego otro. Resopla por la nariz y las comisuras de los labios se dibujan en una sonrisa asimétrica, mostrando un anillo de sangre carmesí alrededor de sus dientes.

Los dedos de mi mano derecha aplastan su garganta, obligándolo a caer al suelo y sintiendo su sangre correr bajo mi agarre mientras golpeo mi puño en su cara de nuevo. Su ojo está hinchado y cuando lo golpeo de nuevo, escucho su nariz crujir y veo cómo la sangre se filtra alrededor de sus ojos, haciéndolos negros, aunque no tan negros como la profundidad de su iris.

—¿Cómo pasaste a mis hombres? —Grito la pregunta, acercando mi rostro al suyo. Las palabras me desgarran la garganta, rechinan a medida que avanzan y dejan un dolor punzante. Todo lo que puedo ver es a Aria, rodeada de hombres con sudaderas con capucha negras y antes de que pueda responder, golpeo mi cabeza contra la suya, escuchando el crujido enfermizo de sus huesos rotos chocando unos contra otros por el impacto.

Tengo que soltarlo, levantarme y caminar alrededor de él, mirando al hombre en el suelo e imaginándome a Aria de pie junto a otro como él.

Se acercaron demasiado. Demasiado.

—Esa… esa pregunta me encantaría responder. —Apenas entiendo las palabras, están dichas con tanta suavidad. Tose sangre, pero luego apoya la cabeza en el suelo, mirando al techo. El hombre se balancea, apenas coherente, pero la sonrisa aún desea quedarse en sus labios. Se tambalea mientras parpadea lentamente, su conciencia le falla.

Lamiendo mi labio inferior, calmo mi respiración y me agacho para acercarme a él, agarrando la parte de atrás de su cabeza. Agarro su cráneo mientras tiro de su cabello y lo obligo a mirarme.

—Dime —pronuncio la demanda con gravedad y sus ojos brillan con algo. Una mirada de deliciosa alegría. Solo entonces me doy cuenta de cuánto le he mostrado. Cuánto les he mostrado a todos.

Aria es mi todo. Solo ella tiene la voluntad de convertirme en un loco.

—Dime —pronuncio las palabras con los dientes apretados y siento que mis músculos se tensan, listos para atacarlo de nuevo, pero esta vez responde rápido.

—Cada salida es una entrada.

Mis ojos buscan los suyos, tratando de registrar el significado de sus palabras.

—No tengo tiempo para...

—Tu ruta de escape subterránea... era nuestro camino de entrada. Mi trabajo era fácil, salir y causar un escándalo, para que mi socio pudiera hacer su trabajo. —responde a mi pregunta y parece calmarse, así que agarro su cabello con más fuerza, sin darle un momento de consuelo.

—¿Y cuál era tu trabajo?

Mi corazón late más rápido, sabiendo que querían a Addison, pero inseguro de dónde está Aria.

—No te gustaría saberlo —murmura en voz baja mientras sus ojos se mueven hacia la parte posterior de su cráneo. Sacudo al hijo de puta, lo despierto y miro su mirada fría.

—Dime. —Mi orden es cruel, mi rostro se acerca al suyo mientras la vida se le escapa.

—Te diré una cosa. Era solo una chica hace un mes, pero luego lo aumentó a dos.

¡Bastardos! Mi garganta se cierra y lucho por quedarme donde estoy, mis músculos arden por ir hacia ella. Por Aria y para mantener a todos lejos de ella para siempre. Nadie la alcanzará jamás. ¡Nunca!

—¿Quién lo hizo? —No sé cómo puedo hacer la pregunta o quedarme quieto mientras espero su respuesta.

—Moriré antes de que te lo diga —responde, pero luego su cabeza cae hacia atrás. Ya está cerca de la muerte. Cerca, pero aún no del todo.

—Logan —digo y alzo la voz, pero no aparto la mirada del hombre que tengo entre mis manos. Pronto estará muerto.

—¿Señor? —pregunta vacilante desde algún lugar a mi derecha.

Puedo oír sus pies arrastrar de nuevo el suelo a medida que se acerca.

—¿Nudillos de bronce? —Lo interrogo y luego el

sonido de otros hombres moviéndose por los registros.

—Alguien —digo mientras miro directamente a la mirada helada de mi víctima—, deme unos nudillos de bronce.

—¡Carter! —Jase grita mi nombre y arranca mi atención. El calor de la sangre salpica mi antebrazo y el hombre tose en mi agarre.

—¿Qué? —escupo.

Estoy enojado porque se atrevería a interrumpir esto.

—¡Vino tras Aria! —grito tan fuerte su nombre reverbera en las paredes mientras miro a Jase.

Mi pecho sube y baja, mi respiración se vuelve irregular y más rápida.

—Carter —la voz de Jase es baja pero acompañada por el sonido del hombre en mis manos hablando al mismo tiempo.

—No podía esperar para conseguirlos —murmura entre dientes.

—¡Carter! —Mi hermano me grita cuando le doy un puñetazo en la mandíbula y la escucho romperse mientras se disloca. Cuelga de su rostro y la vista solo me impulsa a descargar más mi rabia contra él.

Mis hombros están tensos, necesitando más

alivio mientras el idiota cae hacia adelante y Jase grita mi nombre de nuevo.

—¡Carter!

—No he terminado con él —grito las palabras mientras alejo a Jase de mí, negándome a mirarlo a él y no al hombre que se atrevió a amenazar a mi Aria. El hombre se balancea sobre su hombro, su rostro deformado y cubierto de sangre. Tiene que rodar hacia adelante para evitar ahogarse con él o ahogarse en su propia sangre mientras lucha por toser, pero sus movimientos son débiles y lentos. Está cerca. Demasiado cerca. Quiero que viva para ver qué es realmente el verdadero dolor.

—Señor —se escucha la voz de Logan mientras se coloca un bloque de metal en mi periferia. Nunca he sonreído con una sonrisa tan sádica como ahora.

—¿Debería hacerle el favor de matarlo? —No le pregunto a nadie en particular mientras me agacho frente a él y deslizo el pulgar de mi mano derecha sobre el bronce que cubre los nudillos de mi mano izquierda.

—¡Carter! —Mi mirada se estrecha mientras miro a mi hermano que se está acercando a mí, extendiendo su mano con una mirada que me suplica que lo escuche.

No tomo su mano, pero busco su expresión. Está

preocupado, sus ojos son un pozo de pérdida y desesperación. Todo el calor de mi cuerpo de repente se siente empapado de hielo. Un escalofrío me recorre cuando le pregunto con el último aliento que tengo—: ¿Qué?

Apenas noto el doloroso gemido que el hombre, apenas vivo, lanza a mis pies.

—¿Qué hay de Aria? —Jase me pregunta con una mirada de desesperación y finalmente escucho a los otros hombres en la habitación. La guerra no ha terminado y este lugar no es seguro ahora que ha sido violado.

—Me la llevo a casa. —Le doy la única respuesta que puedo. No importa lo que ella quiera; un hombre se acercó a ella y eso es inaceptable. ¡Mierda! Aprieto los dientes y arrojo los nudillos de bronce a la pantalla del proyector rota cuando recuerdo que la casa fue alcanzada.

Mi cuerpo está temblando, vibrando con la necesidad de protegerla, pero mis opciones están limitadas. *Yo la protegeré.* El solo pensamiento me tranquiliza. Ella es mía y nadie la lastimará. Nunca dejaré que nadie se vuelva a acercar a ella.

—La llevaré a donde quiera que vaya. —Le doy mi respuesta en un tono que no admite más discusión, ocultando la agonía de lo que está devorando todos mis pensamientos, pero eso no cambia la expresión de su rostro. No quita ni una pizca de miedo en su expresión.

—¿Dónde está ella? —Pregunta Jase, y mi pulso se ralentiza, la adrenalina me deja con la sola idea de estar con Aria esta noche. Incluso si ella me odia mañana.

—Daniel la tiene. —Siento que mi frente se frunce cuando lo miro y todo se ralentiza.

Se ralentiza y el mundo que nos rodea se convierte en una imagen borrosa y descolorida. Mi corazón late una vez. Él estaba hablando con Daniel. Mi corazón vuelve a latir.

—Él la tiene —repito cuando Jase no hace nada más que visiblemente tragar y la habitación ya silenciosa se vuelve completamente silenciosa.

—No, no la tiene. —No veo nada más que rojo y todo se convierte en ruido blanco cuando Jase me dice—: Aria ha desaparecido.

Continuará

La historia de Carter y Aria concluirá en sin final
No te pierdas el impactante final de su apasionante
historia

Echa un vistazo a los grupos: Wildflowers en Facebook, si no estoy escribiendo, me vas a encontrar ahí.

Made in the USA
Las Vegas, NV
26 June 2024

91507744R00198